**인스타 걸**

안전가옥
오리지널
2

김민혜 장편소설

Follow

Jin_the_grace

# 차례

#

유진주를 알게 된 건 오래전 인스타그램을 통해서였다.

당시 조가비는 지방 실업계 고등학교 미용과를 졸업하고 지하 PC방에서 아르바이트를 하고 있었다. 지극히 평범한 집에서 태어나 갓 스무 살이 된 가비는 마땅히 갈 대학도, 변변 찮은 취직자리도 찾지 못했다. 꾸미기 좋아하고 예쁜 데 관심이 많았지만, 당장 할 수 있는 일이라곤 적당히 반반한 얼굴로 계산대에 앉아 아저씨들 재떨이를 갈거나 라면 사 먹는 애들코 묻은 돈을 힘없이 거슬러 주는 것뿐이었다.

그날도 흐리멍덩하게 시간을 보내다가 인터넷 게시판을

달군 글 하나를 클릭했다. '명문대 얼짱 커플'이라고? 웃기시네. 공부 잘하는 것들이 예뻐 봤자 얼마나 예쁘겠어? 분명 눈도 찢고 코도 세웠을 거야. 그러나 진주의 사진을 보고 할 말을 잃은 가비는 다른 댓글을 달았다. 분명 Y대 지방 캠퍼스일 거야.

생긴 거 봐. 딱 봐도 배우 지망생이잖아. 아니면 인터넷 쇼핑몰 하나? 모델? 가비의 댓글에 동조하는 말들이 번져 갔다. 다들 절대로, 하얗고 매끄러운 손으로 안고 있는 제인패커 꽃다발이나 번쩍거리는 IWC 시계를 찬 잘생긴 남자 친구나 그들이 탄 신형 BMW Z4 컨버터블을 시기해서 그러는 건 아니었다. 그래, 나 쟤 아는데. 어릴 때 같은 학원 다녔는데. 우리이모 아는 사람 딸인데 말이야.

그 또래 예쁜 여자에 대한 모두의 편견을 뒤엎고, 스물셋유진주는 명문 D외고를 졸업하고 Y대 법학과에 다니는 엘리트였다. 댓글로 달린 링크를 타고 들어가 보니 미인 대회에서 수상한 적도 있었다. 다 진짜였다. 아름다운 데다 지적이기까지 한 미모의 여대생에 대한 동경은 그녀의 인스타그램 Jin_the_grace를 향한 추종으로 빠르게 이어졌다.

누군가의 스물은 혹독한 사회생활의 시작이었고, 다른 누군가의 스물은 초호화 캠퍼스 라이프의 시작이었다. 매캐한담배 연기 속에 갇혀 있던 가비에게 진주의 인스타그램 속 일상은 그야말로 신세계였다.

형형색색 스톤이 손끝에서 반짝이는 #네일 사진. #압구정 #갤러리아 에서 #샤넬 #디올 #가방 #쇼핑 사진. #벤츠 모는 남자와 #데이트 사진. #가로수길 #브런치 먹고 #청담동 #다이닝 #비스트로 에서 즐기는 #캐주얼와인 사진. #호텔 #수영장 에서 #샴페인 마시며 환호하는 #비키니 #파티 사진. #비즈니스석 타고 떠난 #해외여행 사진.

수천 장에 가까운 진주의 사진을 훑어보던 가비의 눈동자가 환상에 취해 점점 커져 갔다. 찬란한 해시태그들이 뿜어져 나와 뇌리에 박혔다. 컴컴하고 막막하기만 했던 조가비의 세상이 유진주가 올린 총천연색 사진들로 오색찬란해진 순간이었다.

#instagram #네일 #네일그램

#Red #인친 #맞팔 #소통 #소통해요

#팔로워 #팔로워그램 #팔로잉 #Yellow

#본격뒷담화타임

lovely_ssu + 1 님이 라이브 방송을 시작했습니다.

#핫플 #핫플레이스 #HOT #맛스타그램

#청담동맛집 #맵31 #같은날같은시간같은장소

#Blue #OOTD #일상 #일상그램

#생일 #Gift #헬레나게스트 #돔페리뇽

#아르망디 #슈퍼카 #Party #Gold

#생일스타그램 #호텔 #호텔수영장

#호텔그램 #PINK #비키니

#비키니그램 @폭로계정 #하늘샷

#개스타그램 #Purple #술 #쇼핑

#쇼핑그램 #샤넬

#불가리 #프라다 #에르메스

#알렉산더맥퀸 #발렌티노

#보테가베네타 #Gray #세이블

#파텍필립 #쇼메 #결혼식하객패션

#호텔웨딩 #결혼스타그램 #Whit

# 1 #instagram #네일 #네일그램 #Red #인친 #맞팔 #소통 #소통해요

———————————

#

　마지막 봄비가 스와로브스키 크리스털처럼 쏟아져 내렸다. 퇴근하는 사람들 무리가 강남역 출구로 빨려 들어가고 후미진 골목엔 가비가 일하는 작은 가게만 조용히 불을 밝히고 있었다. 아, 조용하진 않았다.

　"야, 너. 누굴 마귀로 만들 셈이야!"

　필러를 하도 넣은 바람에 찡그려도 주름 하나 지지 않는 얼굴로, 짝퉁 샤넬이 테이블 위에 깔린 컬러 네일들을 내동댕이쳤다. 작은 유리병들이 둔탁한 소리를 내며 바닥에 나동그라졌다. 제각각 톤이 다른 붉은 빛깔들이 피처럼 흘러나왔다.

오늘 가비는 해 달라는 대로 다 해 주고 뺨까지 얻어맞았다. 처음부터 손님에겐 안 어울릴 거 같다며 다른 색깔을 권했다. 그런데도 군이 인스타그램 셀러브리티 유진주의 사진을 내밀며 이거랑 똑같이 해 달라고 우겨서 부득불 발라 준 것이었다. 가비는 발갛게 부어오른 얼굴을 손으로 감쌌다.

처음 일했던 성형외과에서도 이랬다. 어차피 아르바이트를 할 거라면 강남에서 하자며 홀로 상경한 가비는 차병원 사거리에 있는 한 성형외과에서 상담 실장으로 근무했다. 촌스러운 구석이 있었지만 워낙 싹싹하고 눈치가 빨라 금방 적응했다. 하지만 방송 출연하느라 바쁜 대표 원장은 철새 같은 페이 닥터들에게 환자들을 죄다 맡겨 놨고, 대강 한 수술은 아무도 책임지려 하지 않았으며, 최종 컴플레인은 고스란히 말단인 가비의 몫이었다. 거기서도 오늘처럼 눈깔 뒤집힌 여자들에게 뺨을 맞았다.

"손님! 계속 이러시면 저희도 동영상 찍어서 인터넷에 올려 버립니다!"

다른 점이 있다면, 여기엔 유일한 직원인 가비를 조금이나마 챙기는 사람이 있다는 거다. 손톱을 시뻘겋게 만들어 놨다며 꺅꺅거리는 진상에게 계속 그러면 우리도 널 유튜브 갑질녀로 만들어 버리겠다며 나 원장이 대신 핏대를 세우자 그제야 잠잠해졌다. 짝퉁 샤넬은 한참을 씩씩대다가 로고가 이상하게 뒤틀린 깜봉 지갑을 챙겨 들고 휙 나가 버렸다.

"가비야, 치우고 문 닫자. 진짜 더러워서 못 해 먹겠네······."

난장판이 된 가게를 보며 나 원장이 사과 향 전자 담배를 꺼내 태웠다. 습한 공기와 뒤엉킨 탁한 연기에서 썩은 과일 냄새가 풍겼다.

올해로 서른여덟인 나 원장은 이곳에서 몇 년째 네일 숍을 운영 중이다. 강남치곤 구석이라 보증금이 싼 편이고 버티니까 알음알음 찾아오는 손님도 있다고 했다. 두 사람은 가비가 근무하던 성형외과에 나 원장이 얼굴 당기러 왔다가 친해졌다. 그때 가비는 창문조차 없는 고시원에 살았는데, 그러지 말고 투룸 월세 반반씩 나눠 내자는 나 원장 말에 한동안 같이 살았다. 지금 살고 있는 논현동의 자그마한 다세대 원룸 보증금도 그 덕분에 모을 수 있었다.

서울 남자와 결혼하려고 바닷가 깡촌에서 올라왔다는 나 원장은 따끈한 밥에 매콤한 오징어 젓갈을 팍팍 퍼 주는 잔정 넘치는 사람이었다. 수술 부작용으로 격분한 여자에게 뺨 맞고, 위로해 준답시고 불러낸 벌건 돼지 같은 유부남 의사 놈이 어린 가비의 엉덩이를 움켜쥔 날. 그런 새끼 반포대교에서 던져 버려야 돼! 한강에 빠져 죽어라! 함께 소주 됫병 나발 불어 준 사람도, 정부 지원금으로 눈 딱 감고 세 달만 공부하면 된다고 네일 아티스트 일을 권한 사람도, 나 원장이었다.

"언니, 막차 끊기기 전에 먼저 가요. 내가 뒷정리할게."

가비의 말에 나 원장이 작은 어깨를 툭툭 쓰다듬곤 우산도 없이 허겁지겁 빗속으로 뛰어갔다. 나이 차가 열 살을 훌쩍 넘는데도 시집갈 때까진 꾸역꾸역 언니라고 부르라는 그 정겨운 뒷모습에 가비는 이상하리만치 가슴이 먹먹하고 갑갑해졌다. 새빨간 매니큐어가 바닥에서 서서히 굳어 갔다.

분명, 네일 일은 즐거웠다.

색감이 좋다고, 일한 지 얼마 되지도 않았는데 손님들 칭찬이 자자했다. 고객도 늘어 갔다. 배워 나갈 건 많았지만 충분히 흥미도, 관심도 있었다. 집에 돈이 없어서 미술이나 디자인을 못 배웠을 뿐, 만약 부잣집에서 태어났다면? 아마 가비도 이 동네 사는 여자애들처럼 스쿨 오브 비주얼 아트나 파슨스 디자인 스쿨 같은 데로 유학 갔을 것이다.

쉰내 나는 걸레에 아세톤을 흠뻑 적셨다. 진상 손님이 남긴 얼룩을 비벼 닦을수록 지독한 향이 올라왔다. 눈이 매웠다. 자기가 좋아하는 일을 하며 원하는 감각을 세상에 마음껏 펼치는 사람이 있는 반면, 어렵게 찾은 꿈을 그려 낼 도화지가 손님의 자그마한 손톱 열 개뿐인 사람도 있다.

그토록 꿈에 그리던 강남에 입성했지만 달라진 건 없었다.

인스타그램에서 본 세계는 멀게만 느껴졌고, 오히려 가비의 자리는 밑바닥으로 가라앉았다.

한 달 죽어라고 일해 봐야 버는 돈은 고작 150만 원. 평생 일해도 나 원장처럼밖에 못 살겠지?

캄캄한 인생에 안개가 걷히고 나서 희망이 떠오르는 경우가 있을지도 모른다. 그러나 반대로 너무나 환하고 선명한 인생인데 끔찍하게 후지다면? 그건 가비가 아무리 발버둥 쳐도 절대 여기서 나고 자란 애들처럼 될 수 없다는 뜻이기도 했다. 계속 울음이 터지는 게 화학약품 탓인지, 아직도 얼얼한 뺨 탓인지, 그도 아니면 암담한 심경 탓인지 가비는 알 수 없었다.

냄새 빼려고 열어 둔 문으로 스틸레토 힐의 우아하리만치 가벼운 또각또각 소리가 들려오다 멈췄다. 바닥에 엎드려 있던 가비의 시야에 크리스찬루부탱 구두의 새빨간 밑창이 들어왔다. 발끝을 부드럽게 감싼 라인이 곧게 뻗은 프리미엄 진으로, 잘록한 허리와 금장 로고가 프린트된 부드러운 발망 티셔츠로 이어졌다.

"아직 영업하시나요? 급하게 손질해야 하는데……."

가비의 월급보다 비싼 구두를 신은 유진주가 희고 창백한 두 손으로 비에 젖은 붉은 우산을 바닥에 툭툭 털어 냈다. 빗방울이 눈물처럼 굴러떨어졌다.


\#


몇 년 동안 인스타그램으로 팔로우 해 왔던 사람을 실제로 보면 어떤 기분이 들까.

쉬는 날 가비는 Jin_the_grace 계정에 올라온 가게들 가운데 쉐이크쉑 버거나 고디바 플래그십 스토어 같은 비교적 가격이 만만한 곳들을 찾아가 본 적 있었다. 하지만 거기서 진주를 보지는 못했다. 진주에겐 미국 햄버거 브랜드를 수입하는 지인이, 초콜릿 숍 오프닝 파티 초대장이 있었으니까. 잘나가는 그녀와 지인들이 유유히 즐기며 인스타그램에 사진을 올리면, 수많은 추종자들이 똑같이 거길 다녀가기 위해 구름처럼 몰려들었다. 가비는 언제나 그 기나긴 줄 끝에 서 있었다.

"어, 그게, 원장님은 가시고 저, 저밖에 없는데요."

숍 바닥에 팽개쳐진 네일 병들을 황급히 쓸어 담았다. 가게가 지저분해서 진주가 그냥 가 버릴까 봐 가비는 안달이 났다. 심장이 쿵쾅거렸다. 아, 원장님 가셨단 말도 하지 말걸. 바보같이 왜 그런 쓸데없는 소리를 했지. 울어서 팅팅 부은 눈으로 애써 반달 웃음을 지어 보였다.

"밖에 비 많이 오죠? 여기, 이쪽으로 앉으세요. 제가 해 드릴게요."

매고 있던 검정 샤넬 보이 백을 고아하게 내려놓는 여자를 보며 가비는 조금 전 횡설수설한 이유를 알 것도 같았다. 인터넷 게시판에서 상당한 인기를 얻은 커플 사진, 미인 대회로 기사화된 시상식 사진, 주기적으로 업로드 되는 인스타그램 사진을 보는 동안 고개를 든 가비의 옹졸한 무언가. 머나먼 세계에 사는 여자를 향한 신 포도 같은 감정들. 얼굴 죄다 뜯어고

쳤겠지? 화장발일걸? 사진 엄청 보정하고 팔다리 다 늘렸을 거야! 그 화살이 그대로 가비에게 열등감으로 되돌아와 꽂혔다.

"언니, 진짜 예쁘세요. 제가 본 사람 중에 최고예요."

진주는 발레리나처럼 곧은 자세로 앉아 있었다. 가녀린 쇄골 위로 검은 머리카락이 춤추듯 하늘거렸다. 새하얀 벨벳처럼 보드라울 것 같은 긴 목선을 따라 뱀을 모티프로 한 황금빛 불가리 목걸이가 휘감듯 걸려 있었다. 마치 자연에서 캐낸 진주알처럼 얼굴은 하얗고 윤기가 흘렀다. 태어나서 한 번도 험한 곳에서 굴러 본 적 없는 사람처럼 깨끗했다. 이목구비도 단정하고 은은했는데, 쌍꺼풀진 두 눈은 딱 알맞게 컸으며, 눈동자는 흑요석을 깎아 박아 넣은 것처럼 깊고 어두웠다. 어느 각도에서 봐도 완벽한 모습에 가비는 천장 곳곳에 균일하게 박힌 조명이 일제히 진주에게로 쏟아지는 게 아닌가 하는 착각이 들 정도였다. 가게 전체가 하나의 인간 보석을 감싼 거대한 유리 케이스처럼 느껴졌다.

그도 그럴 것이 가게에 비치된 《노블레스》나 《에비뉴엘》 따위의 고급 잡지에 실린 신상품들이 진주의 귀에, 목덜미에, 그리고 가비를 향해 내미는 얇고 가느다란 손목에 걸려 있었다. 전부 수천만 원은 우습게 넘거나 가격 미상인 제품들이었다. 가비의 동공이 어둠 속 고양이의 눈동자처럼 커졌다. 와, 그러면 저게 다 얼마야? 천? 아니면 어, 억?

"고마워요. 손질 잘 부탁해요."

조곤조곤한 진주의 목소리에 가비는 헉하며 정신을 차렸다.

니퍼를 꺼내면서도 눈부신 물건에 홀린 까마귀처럼 자꾸 진주의 손목을 흘깃거렸다. 알람브라 문양에 촘촘히 박힌 건 다이아몬드일까? 클로버가 정교하게 장식된 두툼한 팔찌가 다른 링들에 부딪혀 가볍고 맑은 소리를 냈다. 가비는 하나도 사기 힘든 반클리프 팔찌를 진주는 레이어드해서 차고 있었다.

저렇게 하고 다니는 거 보면 집이 잘살겠지? 하긴 부잣집 딸이니까 미인 대회에서 큰 상도 받고 했을 거야? 지난번 라이브 방송 때 그랬잖아. 아직 Y대 학생이라고. 지금은 로스쿨 다닌다고 했던가? 거긴 학비도 엄청 비쌀 텐데. 누군 등록금 없어서 대학도 못 갔는데.

부럽다, 전부 다.

진주의 쨍하리만큼 선명한 립 컬러를 보며 가비도 비슷한 붉은 기가 도는 제 입술을 쩝쩝거렸다. 일하느라 다소 지워지긴 했지만 입술 주름 사이사이에 남은 비싼 립스틱 맛이 났다. 기억하기로, 오늘 종일 덧바른 이 바비브라운 레드 립스틱도 Jin_the_grace 계정을 보고 따라 산 것이었다.

인스타그램에선 라이브 방송도 하고 가끔 친절하게 반응도 해 줘서 차분하지만 활달할 줄 알았는데, 실제 진주는 의외로 말이 없고 조용했다. 그런 그녀를 힐끔거리며 가비는 소리 없이 입술만 옴짝거렸다. 친해지고 싶다. 인스타그램 잘 보고 있다고. 오랫동안 언니 팔로우 해 왔다고 말이나 해 볼까?

"악!"

가비가 외마디 비명을 내질렀다.

"언니! 손, 손톱이 어쩌다가…… 이렇게 되셨어요?"

받침대 위에 놓인 진주의 가냘픈 열 손가락 끝이 죄다 바스러져 있었다. 사진에서 봤던 네일 아트는 간신히 형체만 남았고 물방울 모양 파츠는 손톱과 함께 뜯겨 나가 베인 살점처럼 덜렁거렸다. 깨지고 부서진 손톱들 사이로 붉은 속살이 그대로 드러났다.

"개한테 물려서요."

별일 아니라는 듯 담담한 진주의 표정에 가비는 애써 아무렇지 않은 척 소독용 에탄올을 적신 화장솜으로 손끝을 조심스레 닦아 냈다. 박살 난 손톱 위의 딱딱하게 굳은 젤 네일이 유리 조각처럼 살갗을 파고들까 봐 신경을 곤두세웠다. 반클리프 팔찌가 자꾸 달그락거리며 쇳소리를 냈다. 그게 귀에 거슬렸는지 진주가 "아무래도 이걸 빼는 게 편하겠죠?" 하며 팔찌를 빼서 구석에 가지런히 밀어 두었다. 그녀의 빈 손목에서 조말론 레드로즈 향이 풍겼다.

가비는 부서진 손톱들을 복구하며 슬그머니 진주의 안색을 살폈다가, 눈이 마주칠라 하면 고개를 숙였다가, 진주의 시선이 다른 데 갔다 싶으면 다시 곁눈질로 흘깃거렸다. 도대체 어떤 개가 사람 손톱을 이리 잔인하게 물어뜯은 거야? 정말 개한테 물린 거 맞아? 손등이랑 손가락은 멀쩡한데? 왜 손톱만 전부 깨진 거냐고? 진짜 개한테 물렸다면 왜 병원에 안 가고 네일 숍에? 가비의 생각이 거기까지 미친 순간, 진주의 검은 샤넬 보이 백 안에서 휴대폰이 요란하게 울렸다.

"어. 현준아. ……아냐, 잘 끝났어?"

가비는 숨죽이고 그녀의 통화를 엿들었다. 현준?

"아직 강남. 아마 한 시간 반? 그쯤이면 끝날 거 같은데?"

진주의 눈길에 가비는 고개만 끄덕거렸다. 이 모든 게 혹시 저 현준이라는 남자와 관련 있는 걸까? 혹시 개가 아니라 개새끼였던 건 아닐까?

한 번도 상류층으로 살아 본 적 없는 가비는 아침 드라마에서나 볼 법한 장면들을 떠올렸다. 돈 많은 남자에게 값비싼 선물을 받지만 뒤에서는 얻어맞고 사는. 뺨 맞는 건 예사이고 심하면 머리채 잡힌 채 흔들리다 결국 선글라스로 멍든 눈을 가리고 나타나는 그런 류의 여자. 저렇게 예쁘고 똑똑한 여자가 도대체 뭐가 아쉬워서? 현준이란 남자가 도대체 얼마나 잘났기에?

아니, 그보다 무슨 남자가 여자 손톱을 개처럼 뜯어 먹어? 변태도 아니고? 가비의 상상이 거기에 미쳤을 때, 전화를 마친 진주에겐 꽤 많은 메시지가 들어와 있었다.

— 나야.

— 어디야?

— 나한테 일부러 그러는 거야? 내 연락 왜 안 받아?

— 나 버리지 마. 나 너 사랑해! 어?

— 제발……. 나, 나, 너 나 차단하는 거 아니지? 응? 진주야?

— 감히 나한테 이럴 수 없어! 내가 널 얼마나 사랑하는 줄 알아!

— 나 너 사랑한다.


한 남자로부터 빗발치듯 쏟아지는 연락을 보며 놀란 사람은, 진주가 아니라 가비였다. 척 봐도 제정신이 아닌 메시지를 퍼부어 대는 남자가 바로 가비가 근무했던 성형외과 대표 원장 닥터 진이었기 때문이다.

팔짱을 낀 채 치아 여덟 개가 드러나도록 활짝 웃고 있는 젊은 의사의 프로필 사진. 진주의 메신저에 뜬 그 익숙한 사진은 인터넷 홈페이지와 블로그에 올라와 있던 것이 분명했다. 진주의 메신저에는 그의 이름이 '진상'이라는 본명으로 저장되어 있었고, 상대가 누구든 '나'로 시작해 '나'로 귀결되는 그 특유의 말투 역시 방송용이 아닌 실제 닥터 진의 말투였다.

— 당장 받아! 나라고!


또다시 닥터 진으로부터 '나'의 메시지가 구질구질하게 날아오자, 진주는 왼손을 기계에 넣은 채 우아하게 손톱을 구우며 오른손으로 톡톡 그의 번호를 차단해 버렸다. 이 일련의 상황을 보면서, 현준에 이어 혹시? 저 언니가 닥터 진과? 새 연결 고리를 상상하던 가비가 모른 척 진주 표정을 살폈다.

"스토커예요."

진주의 친절하고 상냥한 눈짓에 가비는 마음이 사르르 녹아 고개를 끄덕거렸다. 진주의 얼굴에선 그 옛날 가비가 유부남 의사에게 성희롱당했을 때 느꼈던 굴욕이나 모욕을 조금도 찾아볼 수 없었기에. 도리어 웃음이 났다. 그래, 그럴 리가 없지. 저렇게 예쁜 언니가! 진주 언니가 멋지고 잘났으니까 성형외과 대표 원장까지 졸졸 쫓아다니나 봐!

"언니, 제가 오른손도 예쁘게 해 드릴게요!"

이런 남자들 정말이지 피곤하고 귀찮아요. 도도하고 당당한 진주의 태도에 가비는 전에 일한 성형외과에서 겪었던, 단전 아래 꾹꾹 눌러 두었던 해묵은 감정들까지 싹 씻겨 내려가는 기분이었다. 가비가 마치 진주가 되어 닥터 진을 차단해 버린 듯한 기분이랄까. 복구를 통해 길어진 진주의 손톱을 받쳐 들고 손톱깎이로 똑똑 자른 다음 파일로 끝을 정성스레 갈아 냈다. 그녀의 손톱이 사진 속 매끈한 형태로 점점 다듬어져 갔다.

#

"언니, 다음에 꼭, 꼭, 또 오세요. 꼭이에요!"

가비가 가게 밖까지 진주를 졸졸 따라 나왔다. 친해지고 싶었는데 제대로 말도 못 섞은 데 대한 아쉬움, 사진처럼 아름다운 여자에 대한 동경, 저런 여자를 데리러 온 현준이란 남자는 도대체 누굴까 하는 궁금증에, 가비는 저도 모르게 우산을 든 채 진주를 태우러 온 에쿠스 차량 앞까지 쫓아 나왔다. 왔다 갔다 하는 와이퍼 사이로 운전자 얼굴이 설핏 보였다. 응? 저 남자라고? 가비가 눈을 비볐다 떴다.

진주를 기다리는 남자는 지금까지 그녀의 인스타그램에서 봐 왔던 곱상하게 생긴 남자들과 전혀 다른 타입이었다. 웬 아저씨? 완전 중후한데? 취향이 바뀌었나? 그도 아니면 저 언니의 아빠? 아니야. 아까 분명 "현준아."라고 했잖아. 그사이 진주를 태운 에쿠스는 빠르게 강남대로를 빠져나갔다.

가게로 돌아온 가비가 진주가 자리에 놓고 간 반클리프아펠 팔찌들을 발견하고 다시 뛰어나왔을 때, 이미 그녀가 탄 차는 떠나 버린 후였다.


\#


가게에 홀로 남은 가비는 영롱하게 빛나는 반클리프 팔찌들을 조심스럽게 만지작거렸다.

딱 한 번만 슬쩍 껴 볼까?

아냐, 내 것이 아니잖아. 침만 꿀딱 삼켰다.

그러다 무슨 생각이 들었는지 가비는 휴대폰으로 Jin_ the_grace 인스타그램 계정을 찾아 진주에게 DM을 보냈다. 가비의 마음속 깊은 곳에서 그동안 확 꺼져 있었던 무언가가 러쉬 입욕제 거품처럼 부그르르 끓어올랐다. 이 팔찌를 계기로 진주와 친해질 수 있지 않을까? 그럼 어쩌면 나 같은 애도 그토록 꿈꿔 왔던 강남의 화려한 세계로 한 걸음 더 들어가 볼 수 있지 않을까?

가게 문을 닫지 않고 한참을 기다렸지만 진주에게 답장은 오지 않았다.

Jin_the_grace 계정 팔로워는 50만 명에 달하고 가비의 계정 gabi_nail_101은 그중 하나일 뿐이었다.

진주가 인스타그램에 사진을 올릴 때마다 반응은 가히 폭발적이었다. 그녀가 든 백은 어느 매장에서 샀는지? 그녀가 입은 원피스는 어느 브랜드인지? 헤어는 어느 숍에서 어느 원장한테 받는지? 팔로워들의 개인적인 문의가 댓글과 DM으로 빗발치듯 쏟아졌다. 그 연락에 일일이 답하지 못해 죄송하다는 포스팅을 오래전에 봤던 게 기억이 났다. 그러니 아마 가비가 보낸 인스타그램 DM도 팔로워들의 수많은 연락 사이에 파묻혔을 것이다.

그사이 Jin_the_grace 계정에 새로운 사진이 올라왔다.

가지런히 모은 허벅지 위에 새하얀 샤넬 보이 백 사진. 에쿠스 안에서 찍은 것처럼 보였다. 인스타그램을 보면서 가비가 고개를 갸우뚱했다. 어? 언니 아까 검은색 샤넬 보이 백 들고 왔는데? 쇼핑백도 있는 걸 보니 또 선물 받았나? 이번엔 누구한테? 그 에쿠스 모는 아저씨한테? 은은한 광이 나는 가방 덮개 위로, 레몬 컬러를 곱게 바른 진주의 젤 네일이 가비의 눈에 들어왔다. #가방 #샤넬 #가방스타그램 #네일 #네일그램 태그가 달린 사진에 가비가 재빨리 댓글을 달았다.

gabi_nail_101 언니 저 오늘 네일 한 사람인데요.
우리 소통해요. 👉👈

금세 사진에 '좋아요' 수천 개가 눌렸다. 아름다움을 찬양하는 댓글들이 줄줄이 도미노처럼 달려 나갔다. 또 쇼핑하셨어요? 예뻐! 예쁘다! 언니 참 예뻐요! 이 가방은 이번 샤넬 신상? 샤넬보다 언니 손이 더 예뻐요! 여름이 다가오니까 역시 NEW 화이트! 보이 백 사이즈 미디엄이랑 라지 사이에서 고민인데 언니 사진 보니 역시 미디엄 사야겠어요. 그 많은 가방들 관리는 어떻게 하세요? Very beautiful! 부러워요!

두근거리는 마음으로 가비는 자신의 댓글이 진주의 눈에 띄길 바랐으나 슬프게도 아무 반응이 없었다. 무수히 많은 댓글들 가운데 진주는 그녀와 친한, 그래서 그녀의 사진 속에 자주 함께 등장하는 계정들, lovely_ssu나 h.young.zi, Lynn_MSL 같은 현실 지인에게만 화답해 주었다.

그걸 보니 가비는 은근히 서운하고 배알이 꼴렸다. 뭐야? 지금 나 무시하는 거야? 우리 오늘 얼굴 봤는데? 네일도 정말 최선을 다해 해 줬는데? 우리 조금 전에 인사도 했잖아.

못 먹고 바라만 봐야 하는 포도는 여우에게 여전히 시고 짜증 날 수밖에 없다. 그래. 그럼 나도 안 해. 아쉬우면 지가 찾으러 오겠지.

허탈한 마음에 가비는 휴대폰을 테이블에 툭 던져 놓고, 제일 두껍고 화려한 반클리프 팔찌를 집어 들었다. 자세히 보니 팔찌 안쪽에 필기체로 진주의 이니셜 *J.J.*가 각인돼 있었다.

그 이니셜을 말끄러미 쳐다보다가 가비는 살며시 제 손목에 팔찌를 꿰어 보았다. 천천히. 골드 하나, 로즈골드 하나, 다시 두툼한 골드 하나, 또 가느다란 골드 하나. 네일을 받던 진주처럼 고아하게 왼손을 들자 빛깔이 오묘한 링들이 가비의 앙상한 팔목으로 경쾌하게 떨어져 내렸다. 여기 박힌 보석들은 다 진짜겠지? 진짜니까 아름다울 거야? 그치? 천장에 박힌 노란 스폿 조명이 촘촘한 팔찌 표면에 부딪혀 빤짝빤짝 빛을 냈다.

가게 불이 꺼진 후에도 팔찌는 가비의 손목에서 희미하게 반짝거렸다.

# 2 #팔로워 #팔로워그램 #팔로잉 #Yellow #본격뒷담화타임

#

오전 11시.

가게 셔터를 밀어 올리면서 나 원장과 가비가 계속 옥신각신 입씨름을 벌였다. 초여름 아침 햇살이 쨍하니 내려와 가비가 손목에 찬 반클리프 팔찌 위로 번쩍, 튀어 올랐다.

"인마! 손님 걸 그러면 안 돼! 이리 내."

"아, 찾으러 오면 바로 뺄 거예요."

"그러다 흠집이라도 나면? 하여간 애가 어려서 세상 물정을 몰라. 너 그거 도둑질이다?"

"조심히 잠깐만 한다니까요. 저 바로 연락도 했거든요? 확인을 안 해서 그렇지."

"어떻게? 연락처 알아?"

"인스타그램으로요!"

"?"

"아아, 저도 비싼 거 좀 해 봅시다!"

손목에서 짤랑거리는 팔찌를 보며 가비는 실없이 헤헤 웃었다. 예쁜 건 보기만 해도 이렇게 기분이 좋구나. 다들 이 맛에 비싸도 사는 거겠지?

"그거 너랑 안 어울려. 팔찌만 진짜면 뭐 하냐? 다른 게 다 짝퉁인데."

나 원장이 괜히 가비를 타박했다. 그러다가 가비가 찬 반클리프 링들이 자꾸 햇빛에 빤짝빤짝하는 걸 보고는"그거 진짜면 나도 살짝 한 번만?" 하며 너구리처럼 치근덕댔다.

그렇게 둘이 한참을 아웅다웅하고 있는데 여자 손님 셋이 기다렸다는 듯 우르르 들이닥쳤다.

"여기?"

"내가 어제 진주 인스타에서 찍어 놨거든? 대충 위치 보니까 맞아. 봐 봐. 영지야."

"맙소사. 진주, 걔가 이런 데서…… 네일을 했다고?"

생로랑 클러치를 든 영지가 건방진 태도로 찬찬히 가게 내부를 위아래로 훑었다. 그녀가 말하는 "이런 데서"는 상당히 기분 나쁜 말투였다. 영지는 턱선 아래까지 내려오는 잿빛 중단발 머리카락을 쓸어 넘기며, 손에 휴대폰을 쥔 노란 파마머리 여자에게 재차 물었다.

"야, 오수정. 진짜 여기 맞아?"

구찌 디오니소스 백을 멘 수정이 쩔쩔매자 단정한 갈색 포니테일의 여자가 들고 있던 찰스앤키스 핸드백을 옆구리에 끼고 대신 수정의 폰을 들여다봤다. 그녀들은 놀랍게도, 별 인기도 없는 가비의 인스타그램 계정 gabi_nail_101을 보며 사진과 가게 위치를 부지런히 대조하고 있었다. 그걸 본 가비의 얼굴에 손톱만큼이나 길다란 미소가 걸렸다.

"진주 언니 왔다 간 곳 찾으시는 거면 여기 맞아요."

오랫동안 팔로우 해 왔던, 그러나 어제 처음 본 Jin_the_grace는 이미 가비에게 진주 언니가 되어 있었다.


\#


가비는 왜 이 삼인방이 낯설면서도 친숙한지 알았다.

"유진주가 왜 이런 후진 곳에? 걔 원래 순수 도산점 다닐 텐데? 야, 오수정. 너 뭐 들은 거 없어?"

의심의 눈초리로 치훑고 내리훑고 보고 또 보는 잿빛 중단발에 샤넬 보이 클러치. 인스타그램에서 그래도 2.3만 명 정도의 팔로워를 거느린 h.young.zi다. 사진으로만 봤을 땐 진주처럼 키가 크고 늘씬할 거라 생각했는데, 직접 마주하니 한국 평균 키인 가비보다 훨씬 작았다. 그나마도 가보시 힐로 본래 키를 한참 높인 거였다. 사진도 엄청 신경 써서 줄이고 늘리고 했나 보다. 짜리몽땅한 외형과는 어울리지 않는, 왠지 키 큰 여성에게나 어울릴 것 같은 우아하고 깊은 디올 자도르 향이 온몸에서 지독하게 뿜어 나왔다. 윽, 도대체 향수를 몇 번이나 뿌린 거야?

"아, 몰라, 몰라. 우리 진주 왔다 간 거 보면 여기 숨은 네일 고수가 있는 거 아닐까? 원래 진짜 맛집은 허름하잖아. 막 50년 전통 이런 데. 안 그래, 세린아?"

옆에서 뭐라 하든 말든 들떠서 종알거리는 구찌 디오니소스가 허리까지 구불구불 내려오는 노란 머리카락을 찰랑였다. Jin_the_grace만큼은 아니지만 인스타그램에서 상당히 많은 팔로워를 거느린 lovely_ssu였다. 팔로워가 몇이더라? 10만? 13만? 뷰티, 패션 쪽으로 제법 알려진 인플루언서여서 유명 화장품 브랜드 행사장에 초대받거나 제품 테스트 같은 걸 올리곤 했다. 몇 년 전부터 자기 이름을 딴 인터넷 쇼핑몰도 운영 중이다. 가비도 인스타그램에서 보고 예뻐서 lovely_ssu 계정에 연결된 사이트로 접속한 적이 있는데 옷이 생각보다 비싸서 사려다 말았다. 오늘 수정이 입고 온 저 구찌st 민소매 원피스도 그녀의 인터넷 쇼핑몰에서 본 것 같았다.

"아무 데서나 받자. 하도 헤매서 다리 아파."

마지막으로 찰스앤키스 가방을 내려놓고 앉아서 종아리를 주무르고 있는 여자, Lynn_MSL. 진주와 같이 대학에 다닐 땐 인스타그램에 사진도 많이 올리더니 취업한 후로는 계정을 비공개로 전환했다. 팔로워 숫자는 500명 정도. 아마 지금 가비와 얼추 비슷할 것이다.

이날 처음으로 가비는 h.young.zi, lovely_ssu, Lynn_MSL의 이름이 허영지, 오수정, 민세린이란 걸 알았다.


#


평일 이른 시간부터 네일을 받으러 오는 여자들은 평소 직장을 다니지 않거나 다닐 필요가 없는 사람들이다. 아니면 직장을 취미로 다니거나. 하루 열두 시간 꼬박 독한 젤 냄새, 손톱 가루, 각종 유해 물질 마셔 가며 남의 손톱이나 다듬는 가비로서는 몹시 부러운 팔자가 아닐 수 없었다.

"이거 누가 했어요?"

가게에서 케케묵은 냄새가 난다는 듯 영지가 코를 부여잡고 코맹맹이 소리를 내며 나 원장에게 물었다. 어제 진주의 인스타그램에 올라온 새하얀 샤넬 보이 백 위로 샛노란 레몬 컬러 네일이 보이는 사진이었다.

진주의 사진을 보고 가비는 차고 있던 반클리프 팔찌들을

36

빼 주머니에 몰래 감추며 조그맣게 "전데요." 하고 대답했다. "나야!", "내가 할 거야!" 영지와 수정이 베테랑인 나 원장을 두고 서로 가비에게 네일을 받겠다며 티격태격했다. Jin_the_grace의 영향력이 참 대단하구나. 가비는 생각했다. 뒤에서 세린이 한숨을 폭 쉬며 어리둥절해하는 나 원장 앞에 앉았다.

"전 기본 케어만 하려고요."

가위바위보에서 이긴 영지가 가비 앞에 앉고 수정이 대기용 소파에 앉아서 꽥꽥거렸다.

"다음은 꼭 내 차례야! 난 영지보다 더 예쁘게 잘해 줘야 돼요!"

턱과 이마에 보톡스를 맞았는지 오리처럼 입을 크게 벌려도 얼굴 전체가 탱탱했다. 대신 턱 밑으로 목주름은 조금 잡혔다.

"근데 여긴 어떻게 알고 찾아오셨어요?"

나 원장이 세린의 손에 보습제를 바르며 물었다. 세린이 짧게 대답했다.

"인스타그램요."

"?"

SNS를 하지 않는 나 원장을 위해 가비가 옆에서 설명을 덧붙였다.

"자기가 찍은 사진에 태그를 달아서 올리는 건데요. 연예인들도 많이 하는데 연예인 아니어도 예쁘고 잘생겨서 연예인

보다 더 유명한 사람들도 많아요."

그러나 또 갸우뚱하는 걸 보니 나 원장은 인스타그램을 소싯적 그녀가 하던 싸이월드 미니홈피쯤으로 여기는 것 같았다.

"밖에 광고에 #봄 #히트상품 #특가세일 같은 거 쓰여 있던데 그게 그건가?"

나 원장이 갸우뚱갸우뚱했다.

가비는 이 세 여자가 어떻게 자기한테까지 왔는지 알 것 같았다.

어제, 인스타그램에서 50만 팔로워를 거느린 진주가 Jin_the_grace 계정에 네일 사진을 올렸고 가비가 그녀의 손톱을 손질했음을 알리는 댓글을 달았다. 그걸 보고 관심 있는 팔로워들이 Jin_the_grace 사진 아래 gabi_nail_101 댓글 계정으로 타고 들어와 가비 셀카 사진, 일상 사진, 종종 숍에서 찍어 올린 네일 사진을 봤을 것이다. 그중 몇몇 사진에 찍힌 '강남역 데이지 네일 숍' GPS 정보를 보고 여기까지 왔겠지.

럭셔리 인플루언서가 인스타그램에 올린 사진 한 장을 보고 강남역 사거리 으슥한 골목을 끼고 들어와야만 있는 이 자그마한 네일 숍까지 쉽게 찾아올 수 있는 세상. 이렇듯 인스타그램에선 오프라인에서 얼굴 한 번도 본 적 없는 사람들이 복잡한 관계망으로 칡넝쿨처럼 엉켜 있다.

"언니들, 진주 언니가 여기 추천은 따로 안 해 주셨어요?"

약간 기대하는 가비의 목소리에 영지는 다른 애들을 향해 "진주가 진짜 여기 온 거 맞아?"라는 말만 되풀이했다. 역시 그건 아니었나 보다. 하긴 가비에게 진주는 진주 언니겠지만, 진주에게 가비는 아직 gabi_nail_101이거나 어쩌면 계정 ID조차 모르는 그냥 수십만 팔로워 가운데 하나일지도 모른다. 지난밤 인스타그램에서 아무 반응도 없었던 걸 보면 지금은 후자에 더 가깝다고 볼 수 있겠다.

"네, 어제 다녀가셨어요."

자꾸 반말을 하는 영지가 얄미워 가비는 살짝 뜸을 들이다가 적당히 대답했다.

수정이 자리에서 벌떡 일어나 랑콤 미라클 향수 냄새를 풍기며 들떠서 진주를 찬양하기 시작했다.

"어머. 우리 진주가 역시 여길 왔다 갔구나. 어제 누구랑 왔어요? 응? 응? 응?"

"오, 오수정 신난 거 봐. 왜? 그러지 말고 어제 뭐 입었는지 뭐 신었는지도 물어보지? 브래지어까지 그냥 다 물어봐라."

"응. 우리 진준 아마 빅토리아시크릿 입었을 거야. 내가 지난번 뉴욕 다녀오면서 선물한 게 있거든."

"하여간 저거 진짜 유진주 스토커라니까."

"베스트 프렌드라 해 주겠니?"

영지가 뭐라고 하든 수정은 진주 앞에 꼭 '우리'라는 수식어를 빼먹지 않았다.

"우리 진주는 뭘 입어도 예뻐서……."

가비가 수정을 보며 해바라기처럼 환하게 따라 웃었다. 주머니에 든 반클리프 팔찌들이 챙챙 부딪혔다. 이건 가비에게 새로운 기회일지도 몰랐다. 어쩜 분위기가 무거워서 말 몇 마디 섞지 못했지만 진주와 오프라인에서 알고 지내는 이 여자들과 친해지면? 그렇다면 가비에게도 예쁘고 상냥한 진주 언니와 가깝게 지내는 날이 오지 않을까?

"맞아요! 진주 언니 어제 프리미엄 진에 발망 티셔츠 입고 오셨는데 진짜 너무 예쁘시더라고요."

가비가 대화에 끼어들었다.

"어머, 어머. 그랬어요? 우리 진주는 늘씬해서 청바지에 티만 걸쳐도 사람이 그냥 빛이 나죠. 걸어 다니는 구찌야. 아니, 인간 샤넬?"

짝짝짝 수정이 수족관 물개처럼 박수를 치자 세린이 조용히 픽 웃었다. 영지는 대놓고 비웃었다.

"오수정. 넌 그냥 다음 생에 진주네 멍멍이로 태어나라."

"나도 그러면 소원이 없겠다!"

어찌 들으면 거북할 수 있는 농담인데도 수정은 소리 내어 더 크게 웃었다.

에라, 모르겠다. 가비도 맞장구쳤다.

"진주 언니는 너무 예쁘니까 그런 언니한테 예쁨 받으면 좋지 않을까요?"

"아휴, 나이 많은 전 대화에 끼지도 못하겠네요. 완전 다른 세상이야."

나 원장도 너스레웃음을 터뜨렸다.

"그 언니라는 분 얼마나 예쁜지, 인스타그램? 미니홈피? 거기 들어가면 볼 수 있나?"

"저기요."

다 같이 깔깔대는 분위기에 영지가 나 원장과 가비를 향해 찬물을 끼얹었다.

"근데 이런 덴 아이스 아메리카노 없어요?"

#

영지는 나 원장이 타 온 믹스커피를 보며 계속 투덜댔다.

"난 살쪄서 프림 들어간 건 안 먹는데. 커피 머신 같은 건 없나? 돌체구스토 같은 건 얼마 안 하잖아."

종이컵에 든 커피를 홀짝이며 가비에게 또 반말을 했다.

"으, 얼음에서 냉장고 냄새 나는 거 같아. 진주는 뭐 이런 후진 델 왔대? 걔 진짜 돈이 없나?"

누가 고객이고 누가 직원인지, 그리고 여기서 누가 위고 누가 아래인지. 영지의 말투는 그들이 어느 지층에 묻혀 있는지에 따라 구분됐다. 나 원장도, 가비도, 좀 전과 달리 조용히 두 손님의 손톱만 밀며 큐티클을 벗겨 냈다.

　말하는 사람은 다섯에서 셋으로 줄었는데 여자들의 대화는 더 시끄럽고 요란해졌다. 영지가 씹던 얼음을 빈 종이컵에 뱉으며 수정과 세린에게 물었다.

　"얘들아, 너희 요새 진주가 누구 만나는지 알아?"

　"종혁 오빠?"

　세린의 시큰둥한 대응에 수정이 그녀의 등을 톡 쳤다.

　"얘는. 우리 진주 BMW랑 헤어진 지가 언젠데."

　그러면서 영지 뒤통수에 대고 눈을 흘겼다.

　"하긴 진주 로스쿨 들어가고 BMW가 하도 울며불며 선물 공세 생난리 쳐서 잠깐 다시 만나긴 했지."

　가비는 그들이 말하는 진주의 BMW가 자기가 옛날에 봤던 인터넷 게시판 커플 사진 속 BMW Z4 컨버터블인지 아니면 다른 BMW일지 궁금했지만 묻지 못했다. 수정의 비아냥에 갑자기 힘을 팍 주는 영지의 새끼손톱 끝을 자극하지 않도록 스펀지로 살살 털어 냈다. 손톱 가루가 먼지처럼 뿌옇게 흩어졌다.

　"종혁 오빠 지금은 나랑 사귀거든?"

　영지가 종이컵 끝을 잘근잘근 씹어 댔다. 대충 분위기 파악이 된 가비는 영지의 가운뎃손가락 손톱에 투명한 강화제를 바르며 생각했다. 재수 없는 년, 그러니까 진주 언니가 사귀다 떨군 남자를 주워서 사귄다는 거지?

"맞네."

세린의 시큰둥한 반응에 영지가 계속 둘에게 쩍쩍거렸다.

"야, 야, 들어 봐. 전에 진주 만나던 남자 있잖아. 그 왜 대회 때 심사 위원 했던 의사. 예능에 많이 나오던데. 그 닥터⋯⋯."

"닥터 진요?"

가비가 놀라 되물었다.

진짜?

아냐. 어제 나한테는 분명 스토커라고 했는데?

가비의 적극적인 반응에 영지가 씩 웃었다. 대화에 끼는 건 싫어도 자기에게 관심 보이는 건 즐거운 모양이었다.

"닥터 진 논현 성병원 아들이잖아. 할아버지, 아버지, 아들까지 줄줄이 S대 의대 나온 3대째 병원장 집 장남이야. 차도 벤틀리고."

"벤틀리? 어머나! 닥터 진 벤틀리 몰아?"

수정은 꼭 이상한 데서 터졌다. 이를테면 '벤틀리' 같은? 그런 게 나오고 나면 꼭 주절주절 말이 길어졌다.

"그래. 닥터 진 어제도 TV 나오더라. 생긴 것도 완전 잘생겼는데 심지어 성형외과 의사라니. 똑똑한 우리 진주랑 정말 딱이지 않니? 아직 사귀나?"

"흥. 둘 중 하난 일찍 죽겠지."

영지가 비꼬는 포인트를 수정이 알아듣는 건지 못 알아듣는 건지, 둘은 대화를 주고받는 듯하면서도 묘하게 물과 기름처럼 섞이지 않고 각자 자기 방식대로 멋대로 해석하고 받아들였다. 영지는 돌려서 진주를 깎아내리고 수정은 대놓고 진주를 추켜세웠다. 세린은 가끔 그 둘 사이에서 비눗물처럼 "그러네.", "그런가?", "그럴지도?" 같은 추임새나 적절한 맞장구만 쳤다. 가비는 셋의 대화를 한참 동안 엿듣다 눈이 똥글똥글해져서 결국 참지 못하고 영지에게 물었다.

"저……. 언니. 진짜로 진주 언니가 닥터 진 만났어요?"

"……."

침묵은 때론 대답보다 더 많은 말을 한다. 영지가 가비를 꼬나보는 시선만으로도 가비는 충분히 무슨 뜻인지 알 수 있었다.

하찮은 가비의 질문 따위 조용히 먹어 버리고 영지는 여전히 수정과 세린하고만 말을 섞었다. 숍에는 나 원장까지 다섯 여자가 있었지만 크게 두 무리로 나뉘었다. 있는 자와 없는 자. 돈을 내는 자와 돈을 받아야 하는 자. 그 구분은 늘 영지가 했다.

"얘들아. 내가 오늘 찌라시 하나 받았는데, 텔레비전에 나오는 유명 의사랑 럭셔리 인플루언서랑 사귄다고. 이미 말 다 나왔던데? 유진주 고건 그걸 아나 몰라?"

"나도 볼래."

"우와! 우리 진주! 심지어 찌라시까지 돌다니. 이제 완전

44

연예인이네!"

세린의 관심과 수정의 칭송에 영지가 혀를 끌끌 차며 자 못 심각하게 말을 이었다.

"오수정. 지금 그게 중요한 게 아냐."

"그럼 뭐가 중요한데?"

"이게 다 내가 진주 걱정해서 하는 소린데……."

"뭔데, 궁금해."

세린도 영지를 쳐다봤다.

새초롬해진 가비와 나 원장을 제외한 모두의 시선이 또다 시 자기에게 집중되자 영지가 씩 입꼬리를 올리며 운을 뗐다. 쟨 아무리 봐도 진주의 진짜 친구는 아닌 모양이다.

"닥터 진, 완전 변태래."

영지의 손톱에 연한 개나리꽃 같은 컬러를 칠하며 이번엔 가비가 조용히 씩 웃었다. 나 원장도 영지 표정을 보며 비식거 렸다. 잘나가는 강남 성형외과 의사가 변태라니. 너무 뻔한 상 상 아닌가?

저건, 가짜다.

물론 가비도 근무할 때 항상 고압적인 태도로 윽박지르기 만 하는 대표 원장을 딱히 좋아하진 않았다. 집에서 하도 오냐 오냐 키워서 본인만 아는 놈이긴 한데 만나는 여자들은 집안 에서 고르고 고른 참한 아가씨들로만 만났다. 오히려 변태는 닥터 진 병원에 드나드는 페이 닥터들 중에 훨씬 많았다. 가비의 엉덩이를 주물렀던 유부남 돼지 새끼나, 어린 간호조무사 꼬여 내서 호텔 방에 벗겨 놓고 과일 안주 집어 던지던 미친 새끼나.

"뭐가 어떻게 변탠데?"

세린이 물었다.

"몰라. 나도 확실한 건 아닌데…… 닥터 진 말이야, 자기랑 잔 여자들 손톱을 포르말린 병에 모은대."

"됐거든! 우리 진주가 그런 놈을 도대체 왜 만나!"

"에이, 진주가?"

세린도 회의적이었다.

세 여자의 수다를 가만히 듣다가 육성으로 헛웃음이 터져 버린 건 나 원장이었다.

"아이고. 제가 강남에서 15년 넘게 일했는데요. 그런 거다 쓸데없는 괴담이야. 괴담. 거기 젊은 원장님 건너 건너로 아는 사람인데. 인간이 덜 돼서 그렇지 그 정도 사이코는 아니에요. 알면 그 집에서 가만 안 둘걸요?"

나 원장이 껄껄 웃으며 덧붙였다.

"거기가 무슨 사람 머리털 모아 가발 만드는 미용실도 아니고. 성형외과 의사가 여자 손톱을 왜 모으나? 손톱 장사 하려고? 아휴, 나도 그럼 성형외과로 손톱 사러 가야겠네."

나 원장의 유머러스한 화법 덕분에 진주 뒷담화로 딱딱해져 가던 분위기가 다시 화기애애해졌다.

"봐. 저 분이 강남 바닥에서 오래 근무하셨다잖아."

수정이 영지를 무안 줬다. 모두가 웃는 가운데 영지는 뭔가 뜻대로 되지 않아 심통이 났는지 낯빛이 샛노래졌고, 가비는 지난밤 봤던 부서진 손톱들이 기억나 낯빛이 확 어두워졌다.


#


뭐가 진짜일까?

따뜻한 물수건으로 발을 닦아 내고 가비와 나 원장이 수정과 영지의 페디큐어를 시작했다. 내 발톱은 그쪽이 하라며, 영지가 이번엔 일부러 나 원장 앞에 가 앉았다. 오전 반차라 오후엔 들어가야 한다며 세린이 가고 이제 말하는 사람은 셋에서 둘로 줄었으나, 말소리는 주파수 다른 라디오 두 대를 틀어 놓은 것처럼 훨씬 더 시끄럽고 정신없었다. 둘은 진주와 똑같이 칠한 짙은 레몬 빛깔 손톱이 마음에 드는지 발을 살살 흔들어 댔다.

"수정아, 아니 내가 진주 험담하려는 건 절대 아닌데 있잖아. 요새 진주네 집이 힘들거든. 걔네 아빠가 정치한다고 돈 다 갖다 써서."

"진주네 재산 많잖아. 엄마 쪽 유산만 해도 꽤 될걸?"

"오수정 너, 친하다면서 아무것도 모르는구나? 난 우리 아빠가 걔네 아빠랑 연수원 동기라 잘 아는데. 걔네 아빠 판사고 뭐고 되자마자 때려치우고 나와서 지금 쥐뿔도 없어. 진주 엄마네 마지막 땅까지 다 담보 잡힌 지가 언젠데."

"영지야, 진주 우리 옆 동 살아."

"타워팰리스? 그거 겉보기에만 그렇지. 갤러리 관장이다 뭐다 해도 완전 빈털터리라니까? 그냥 그림으로 아티스틱하게 재벌 사모들 돈 세탁해 주면서 근근이 먹고사는 거라고."

"그래 봤자 우리 진주가 어디 가나? 야, 유진주야, Y대 최고 퀸카 유진주라고. 잘나가는 남자들이 우리 진주 뒤만 얼마나 졸졸 쫓아다녔는데. 그건 영지 네가 제일 잘 알잖아."

"너 지금 내가 종혁 오빠 만나는 거 비꼬는 거냐?"

영지의 엄지발가락이 팍 꼿꼿해졌다. 그 반응이 고소한지 여자들 발아래서 나 원장과 가비가 눈웃음을 주고받으며 키득키득거렸다.

"수정이 너. 너 완전 잘못 알고 있는 거야. 남자들 다 유진주 고것한테 당한 거라고. 멍청한 남자 새끼들, 지들이 유진주 꼬신 줄 알고 온갖 똥폼 잡고 다녔지. 진주가 홀려서 차례대로 갖고 논 건데."

"샘내는 거 봐."

가비가 하고 싶은 말이었다. 키득거리는 가비를 잠깐 노려보고 영지가 말을 이었다.

"오수정 넌 대학 때부터 진주 알아서 잘 모르지? 진주 걔

48

가 외고 다닐 때 장현준이라고……."

가비의 귀에 '현준'이라는 이름이 들어와 꽂혔다. 어제 그 남자다. 전화 통화하던 그 남자. 잠깐, 고등학교 동창? 그러면 어제 그 아저씨가 현준이 아닌 거네? 그럼 그 에쿠스는 도대체 누구야?

"……걔네 집 잘살아서 걜 또 그렇게 살살 꼬셨다고요. 진주네 엄마가 학부모회 갔다가 현준이네 엄마 보고 바로 알아챈 거지. 갤러리에서 그림 구매해 가던 고객이었으니까. 무슨 재벌 방계 어쩌고 하던데……."

"그래서? 사귀었어?"

이번엔 수정이 새끼발가락을 움찔했다. 자기가 모르는 진주의 과거가 있다는 데 몹시 흥미를 느끼는 듯했다. 가만히 몰래 듣고 있는 가비처럼. 그래서? 그래서요? 그때 진주 언니랑 현준 오빠는 사귀었나요?

"머저리 장현준, 진주가 자길 진짜 좋아하는 줄 알고 홀라당 빠져선 고3인데 공부를 안 했잖아. 그래서 걘 재수 학원 들어갔는데 진주는 Y대 법대 수석 입학하고."

"쯧. 그러게, 연애를 하더라도 공부는 했어야지. 우리 진주처럼."

결과야 어찌 되었든 수정은 무조건 진주 편이었다. 진주에 대한 호기심이 커질 대로 커져 버린 가비가 호시탐탐 기회를 엿보다 세린이 빠진 대화 자리로 살살 끼어들었다.

"대학 가면서 헤어지셨나 봐요."

아까와 다르게 의외로 영지가 가비 말을 받아 줬다.

"아니, 헤어진 게 아니라 유진주 그게 장현준에서 고영일로 티 안 나게 환승한 거지. 현준이 집 엄청 잘살거든? 아들 재수는 문제가 아닌데 그때 그 집이 진짜 재수가 없었어요. 걔네 아빠가 배임 혐의로 잡혀 들어가고 회사까지 통째로 휘청했다고. 그걸 또 귀신같이 진주 엄마가 듣고 미리 선수 친 거지."

"굉장하네요."

가비의 맞장구에 신난 영지가 목청을 큼큼 가다듬었다.

"그래서 그때 진주 엄마가 학부모 모임에서 현준 엄마한테 뭐라고 한 줄 알아?"

"뭐라고 했는데요?"

가비가 추임새를 넣었다.

영지가 숨을 한 번 크게 들이켜고, 가비가 한 번도 본 적 없지만 대충 어떤 사람인지 알 수 있을 만큼 진주 엄마의 표정과 말투를 최대한 흉내 내며 악을 질렀다.

"내가 고작 그깟 것과 결혼시키려고 내 딸 그렇게 키운 줄 알아!"

"앗, 깜짝이야!"

화들짝 놀란 수정 때문에 가비도 덩달아 놀랐다. 허영지 목청이 얼마나 컸는지 나 원장도 하마터면 발톱이 아니라 살을 잘못 깎을 뻔했다. 그 당시 D외고 학부모 모임 싸움 장소처

럼 네일 숍 분위기가 싸해졌다. 적당히 분위기를 보며 가비가
또 추임새를 넣었다.

"세상에나."

거기에 영지가 다시 원래대로 돌아왔다.

"하. 그러니 얼마나 열이 받겠어. 맨날 사돈, 사돈 하면서
알랑방귀 뀌다가 싹 변해선. 현준이네 엄마 그때 분해서 길길
이 날뛰고 난리도 아녔어."

"아이고, 우리 진주. 마음이 정말 많이 아팠겠네."

그 당시 진주에게 공감한다는 듯 수정이 가슴을 쓸어내
렸다.

"미친. 오수정. 아니라니까? 진주 진짜 눈물 한 방울 안 흘
렸어. 걘 재벌 사모들 뒤 닦아 주면서 비뚤어진 걔네 엄마 억
하심정이 그대로 자라난 거라니까? 재벌 방계쯤 되니까 콩고
물 떨어질 거 기대하고 장현준 꼬셔서 만나다가. 어? 별 볼 일
없어지니까 바로 Y대 부잣집 아들내미들 모임에 꽃처럼 끼어
가지고. 어? 거기서 이 남자 저 남자 만나고 다녔지."

영지가 수정을 툭툭 쳤다.

"너도 알지? 그때 영일 오빠 벤츠 CLS 몰았잖아. 차만 봐
도 딱 눈에 띄니까 집에 갈 때 태워 달라고 꼬시고. 근데 고영
일 이 새끼 젠장, 만나고 보니까 서자네? 속 빈 강정이라 휙 차
버리고. 바로 영일 오빠 친구인 우리 종혁 오빠로 갈아탄 거라
니까?"

"환승도 차가 기다려야 갈아타는 거지."

수정이 콧방귀를 뀌었다. 영지가 답답해서 가슴을 쳤다.

"오수정 너 인터넷 쇼핑몰 한답시고 갑자기 휴학하고 사라졌을 때, 룰루랄라 벤츠랑 BMW 타면서 고영일 최종혁 Y대 돈 많은 킹카들 양대 산맥 하나씩 넘은 게, 바로 유진주라고."

영지의 긴긴 읊조림에 가비의 머릿속으로 지난 몇 년 동안 진주 인스타그램에서 훔쳐봤던 사진들이 필름처럼 착착 스쳐지나갔다. #압구정 #명품관 #루이비통 #가방 #쇼핑 #벤츠 #드라이브. 이어지는 #청담 #BMW #제인패커 #꽃 #선물 #디올. 진주의 인스타그램과 영지의 말은 하나로 합쳐지는 영화일까? 아니면 잘못 해석된 자막 같은 걸까?

"근데 종혁 오빠도 만나 보니깐, 하, 이 새낀 자기 아빠 죽기 전까진 유산이고 뭐고 돈 한 푼 제대로 못 만져 보겠다 싶은 거지. 그래서 또 헤어진 거야."

"허영지, 제발 질투 좀 그만해. 우리 진주 그런 애 절대 아니거든?"

들다 보니 가비는 무의식적으로 수정을 응원하게 되었다. 솔직히 어제는 인스타그램 DM에도, 댓글에도, 진주가 무반응이라 무척 서운했지만 괜히 포도 못 따 먹은 여우처럼 굴다간 저 밉상인 애랑 똑같은 인간이 될 것 같았다. 열등감 폭발하는 짜리몽땅한 여우가 될 바에야 차라리 아름답고 고고한 포도에 가까워지리라. 키도 작고 안 예쁘고 입만 열면 잘난 척에게다가 친구인 척하면서 질투하고 돌아서면 샘내는 게 너무나도 환히 보이는 저 손바닥만 한 소갈머리하곤.

솔직히 여자도 예쁘고 멋진 여자에게 눈길이 가고 그런 여자처럼 되고 싶은 법. 가비는 환상 속 진주 언니 편이었기에, 추임새를 원한다며 은근히 자길 내려다보는 영지를 모른 체했다. 그리고 수정의 새끼발가락 손질에만 집중했다. 가비와 주파수가 통하는지 수정이 장전해 둔 총알들을 영지에게 빠르게 쏘아 댔다.

"솔직히 BMW Z4고 나발이고, 그놈이 인간이 덜 된 개망나니라 진주가 찬 거지. 지난번에 그 오빠가 술 먹고 뭐라고 한 줄 아냐? 자기 아빠 빨리 죽으면 좋겠다더라."

"오수정, 너……! 우리 종혁 오빠 그런 사람 아니야! 오빠네 아빠가 유산 안 물려주려고 하니까 짜증 나서 홧김에 그런 거지!"

"참 내. 사람이 화가 나도 할 말 있고 못 할 말 있지."

"그러는 넌? 너도 너희 아빠 빨리 죽으면 좋겠다며."

"우리 아빤 사업 계속 말아먹으면서 자꾸 또 일을 벌이니까 짜증 나서 그런 거지!"

"야, 씨, 그거랑 종혁 오빠랑 뭐가 달라! 이봐, 거기. 아까부터 다 듣고 있죠? 어때, 내 말이 틀려? 안 틀려? 어?"

영지가 발로 가비 쪽을 툭툭 쳤다.

"예? 아, 제가 중간부터 못 들어서……. 뭐라고 하셨죠?"

최대한 예의 바르게 말을 돌렸다. 가비와 두 여자 사이의 대화를 듣던 나 원장이 영지 발가락들을 탈탈 털면서 말했다.

"어……. 부모님은 모두 다 건강하게 오래오래 사시는 게 좋죠?"

나 원장이 도덕 책을 읽는 바람에 맥이 탁 끊겼다.

"두 분, 페디는 어떻게 해 드릴까요?"

지금까지 계속 각자 말만 하던 수정과 영지가 순식간에 한 덩어리가 됐다.

"진주 어제 여기서 페디는 뭐 받고 갔어요?"


\#


둘은 한참을 진주의 인스타그램에서 이것저것 찾아보다가 진주가 해외여행 가서 찍은 샌들 사진과 선베드 사진을 각각 내밀었다. 하나는 개나리색 베이스에 엄지발가락에만 자잘한 바나나 모양 스티커들을 팝 하게 붙인 거였고, 나머지는 맑은 노랑 베이스에 엄지발가락에만 큰 별 하나를 그린 거였다.

"별은 그릴 수 있는데……."

나 원장이 곤란해했다. 가비가 네일 스티커를 모아 둔 정리함을 열어 이것저것 뒤적였지만 작은 바나나 모양은 찾을 수 없었다. 대신 사진과 가장 비슷해 보이는 미니 파인애플과

레몬 모양 스티커를 들고 영지에게 보여 줬다.

"이건 어떠세요?"

"야, 지금 나보고 손톱도 노랗게, 발톱도 노랗게 하라고?"

아니, 바나나도 노랗잖아! 가비는 기가 막혔다. 영지는 자기보다 없어 보이는 사람들을 대할 때 늘 저 자세, 저 말투였다. 아랫사람 치밀어 오르게 하는 태도. 어찌 보면 어제 온 짝퉁 샤넬보다 더 지능적으로 돌려서 엿 먹이는 스타일 같았다. 예를 들면 이런 식으로.

"안 그래? 아줌마?"

노처녀 나 원장은 이미 부글부글 끓고 있었다.

"네. 이렇게는 못 그리죠. 이건 스티커인데."

"그럼 그쪽도 못 그려?"

영지가 페디 의자에 앉아 아래로 발을 턱 걸쳤다. 그러곤 가비를 쳐다봤다. 눈빛만 봐도 알 수 있는 여자의 속내. 아까 맞장구 좀 안 쳐 줬다고 감정 실어서 행동하는 저 좀스러운 꼬락서니하곤.

"해 드릴게요."

가비가 나 원장 대신 영지 발밑으로 가서 앉았다. 쟤 안 해 주면 계속 바나나 찾을 거 같다.

"대신 좀 비싸요. 사진은 스티커 붙인 거 같은데, 이건 아트라."

"참 내. 이런 가게 비싸 봤자지."

손톱으로 칠판 긁는 소리가 귓가를 관통했다. 욱하고 치밀어 오르는 걸 꾹 눌러 담고 가비는 사진에 나온 것처럼 색깔을 배합해 자그마한 네일 브러시로 천천히 그 망할 바나나를 그려 나갔다.

"언니 이거 섬세한 작업이라 발 움직이시면 안 돼요."

영지가 자꾸 두 발을 그러모았다.

"이봐. 페디 손질이 잘 안 된 거 같아. 이쪽 엄지랑 이쪽 엄지랑 길이가 다르지 않아?"

나 원장이 옆에서 수정의 엄지에 커다란 별을 그리며 가비에게 미안해했다. 영지가 하도 진상이라 수정도 나 원장과 가비의 눈치를 조금 봤다. 그러나 아래쪽 공기는 싸늘해도 위쪽 공기는 금방 화창해졌다.

"그럼 우리 진주 지금 벤틀리 만나는 거야?"

수정의 말에 영지가 수술한 콧대를 세웠다.

"그렇다니까."

"아닌데."

가비가 확 끼어들었다. 영지의 저 쓸데없이 높은 콧대를 꺾어 버리고 싶었다. 예쁘지도 않은 게! 나 원장이 놀라 가비를 쳐다봤다. 수정도 마찬가지였다. 궁금증이 가득한 눈빛이었다.

"그럼 누구 만나는데?"

"에쿠스요."

가비가 대답했다.

"에쿠스?"

가비의 브레이크에 기분 나빠하면서도 한편으론 흥미로워하는 영지와 "우리 진주가 벤틀리 놔두고 왜 에쿠스를 타!" 이상한 포인트에서 분노하는 수정이었다. 영지가 가비를 꼬나봤다.

"저기요."

"네?"

"그쪽 아버진 무슨 일 하세요?"

가비는 자기가 다녔던 실업계 고등학교에서도 영지 같은 애들을 본 적 있었다. 자기 무리에 끼려면 그 전에 부모님 뭐하는지부터 확인하는 애들. 그런 애들은 대부분 자기 부모도 그런 사람이었다. 공부 못하는 건 똑같은데도, 우리 애는 너랑 달라! 그렇게 선을 그었다. 대부분 지방에서도 잘사는 축에 속하는 집이었다. 미용을 배우고 싶다 하면 서울에서 온 유명 원장이 하는 메이크업 스쿨에 엄마 아빠 차 타고 다니면서 수십만 원짜리 전문가용 메이크업 박스를 들고 다녔다. 대학에 가지 않고도 물려받은 건물에서 미용실 근사하게 차려 놓고 원장 놀이하며 살았다.

"이 건물 주인이에요."

에쿠스는 진짜, 건물주는 가짜였다.

지방에서 조그맣게 문구점을 운영하며 평생 정직하게 살

아온 가비의 엄마와 아빠. 비록 대학에 보내 주진 못했지만 그 거야 내가 공부를 못했으니까. 가비는 생각했다. 인생을 손에 쥔 숟가락으로 금, 은, 동 나눈다면 가비에겐 그저 딱 먹고 살 만큼 뜰 수 있는 일회용 플라스틱 숟가락만 주어진 셈이지만, 그게 고작 플라스틱이냐고 비웃을 자격은 그 누구에게도 없 다. 그 열등감, 분노, 당당하고 싶지만 당당한 체해야만 하는 감정이 버무려져 가비는 자기가 살면서 봐 온 애들 중에서 가 장 잘살던 애 흉내를 냈다. 어차피 허영지 말하는 꼴을 보면 여기 다시 올 거 같지도 않고.

"아휴, 저희 원장님이 외동딸이셔서, 어리신데 이렇게 숍 을 직접 운영하고 계신단 말이죠. 아, 부러워라. 저도 다음 생 엔 우리 원장님처럼 이런 건물 하나 갖고 태어나면 좋겠어."

나 원장의 너스레에 가비가 웃겨서 따라 웃었다. 그런데 그 호탕한 웃음에 위에서 산소를 들이켜던 두 여자가 살짝 당 황했다. 어쩐지 진짜처럼 들렸나 보다.

"저기, 그러니까 아줌마가 직원이고, 저분이 원장님이라는 거죠?"

영지가 갑자기 말을 높였다.

"거봐. 우리 진주는 아무 데서나 네일 하는 애가 아니라고 했잖아."

수정이 동조했다.

"아닌 거 같은데."

영지가 나 원장과 가비의 차림새를 찬찬히 훑더니 카운터에 놓인 가비의 다 떨어진 루이비통 백을 쳐다봤다.

"근데 평소에 엄청 소박하신가 봐요?"

가게가 워낙 작아서 저게 가죽인지 합성수지인지 잘 보이는 모양이었다. 유리창에서 들어오는 햇빛이 우그러진 비닐 가방에 고여 있었다. 아, 돈 좀 더 주고 진짜에 가까운 거 살걸. 저건 가비가 루이비통 SA급 가방을 살까 말까 고민하다가 그냥 싼 맛에 강남역 지하상가에서 산 가방이었다. 영지의 진짜 생로랑 클러치가 빛을 받아 더 비교돼 보였다.

자존심이 긁힌 가비가 적당히 둘러댈 말을 찾으려고 엉덩이를 들썩거렸다. 그 순간 주머니에서 팔찌들이 데구루루 굴러떨어졌다. 짤랑, 팔찌가 바닥에 튕겨 올라오는 소리에 놀라 가비가 황급히 팔찌를 주워 넣었다. 수정이 귀신같이 그 찰나를 알아봤다.

"어머, 원장님. 그거 반클리프 아니에요? 저 한 번만 보여주세요. 저도 그거 사려고 했는데……."

"왜 저걸 게 눈 감추듯 감추지?"

시니컬한 영지의 눈빛에 가비는 등에서 땀을 삐질삐질 흘리며 주머니 속 팔찌들을 잘랑거리다 *J.J.* 이니셜이 새겨지지 않았을 가장 얇은 팔지를 골라 내밀었다.

"와. 이거 반클리프 맞네."

"진짜야?"

영지가 확인했다.

"어. 진주도 이거 레이어드해서 하고 다니던데? 다이아 박힌 거랑 같이."

수정이 사랑스러운 눈빛으로 가비를 쳐다봤다.

"여기 원장님, 젊은데 되게 감각 있다. 아까 네일도 예쁘게 잘해 주시더니. 원장님, 저 원장님 인스타 팔로우 할게요? 우리 인친 해요."

그렇게 그날, 가비의 주머니에서 굴러 나온 진주의 진짜 반클리프 팔찌 덕분에 가비는 강남 건물주 외동딸이자 네일숍 젊은 원장이 되었으며, 가비의 인스타그램 gabi_nail_101과 수정의 인스타그램 lovely_ssu는 한쪽이 다른 쪽을 일방적으로 팔로우 하는 사이가 아닌 서로의 일상 사진을 공유하는 SNS 친구가 되었다.

# 3  lovely_ssu +1 님이 라이브 방송을 시작했습니다.

---

#

　　모델처럼 늘씬한 가비가 까만 비키니를 입고 인피니티 풀에 몸을 담그고 있다. 절벽처럼 떨어지는 수조 바깥으로 푸르른 숲이 보였고 어디선가 새 소리가 들려왔다. 시원한 듯 적당한 물 온도에 몸을 맡기고 물갈퀴처럼 발끝을 첨벙이는데, 뭔가 기분 나쁘게 살갗을 스쳐 지나갔다. 움직일 때마다 일렁이는 물. 하늘에서 내리쬐는 햇빛을 받아 수면에 떠 있는 것들이 반짝였다. 손톱들이 풀장에 둥둥 떠다녔다. 물 밖에서 의사가운을 입은 늙은 남자가 선베드에 누워 있는 여자들을 붙잡고 손톱을 하나하나 뽑아 풀장으로 던져 버리고 있었다.

#

쾅쾅쾅! 쾅쾅!

주인집 아줌마가 문 두드리는 소리에 가비는 잠에서 깼다. 숍에서 보고 들은 것들이 뒤범벅된 괴이한 꿈이었다.

일요일 낮부터 건물 제일 꼭대기 층에 사는 집주인이 찾아왔다. 살집이 푸짐한 아주머니가 땀 냄새를 풍기며 요즘 물가가 많이 올랐느니 어쩌느니 묻지도 않은 푸념을 늘어놓았다. 결론은, 월세를 올린다는 소리였다.

"다음 달부터 75야."

보증금 1000에 월세 55만 원짜리 논현동 반지하 월세.

여름엔 습하고 겨울엔 추운 이 코딱지만 한 공간이, 서울 강남구에 속해 있다는 이유로 이렇게나 비싸다. 일주일에 겨우 하루 쉬면서 종일 일해 버는 돈이 한 달에 고작 150만 원인데, 그중 절반은 고스란히 월세로 나간다. 이곳도 여기저기 찾아보다가 그나마 싸서 들어온 건데. "아직 계약도 안 끝났지 않았냐. 왜 멋대로 올리느냐." 하며 가비가 악악댔다.

언젠가부터 가비에게 세상은 악을 써야만 자기를 지킬 수 있는 곳이 되어 있었다. 물렁하면 나이도 어린데 여자라고 모두가 그녀를 만만하게 봤다. 예쁘지도 않고 잘난 것도 없으니까. 누구처럼 집이 잘사는 것도 아니니까.

"두 달 후에 계약 기간 끝나고 연장할 때부턴 75야. 그렇게 알고 있어."

통보였다.

가비는 일하는 곳에서도 갑질, 사는 곳에서도 갑질을 당했다. 도대체 부모님은 왜 이름을 가비라 지었을까? 단단하라고 그리 지었다는데 그냥 인생이 쓸모없는 조개껍데기 같다.

현관 앞에 떨어져 있는 고지서들을 줍는데 핑크 추리닝을 입은 여자가 엉덩이를 씰룩거리며 지나갔다. 염색에 탈색을 반복해 거칠어진 긴 머리카락에서 싸구려 샴푸 냄새가 났다. 저 여잔 꼭 자기가 키우는 강아지랑 똑같이 생겼네. 가비는 옆집 여자가 키우는, 귀만 분홍색으로 염색한 작은 몰티즈를 떠올렸다. 집 나간 주인을 찾는지 빈집에서 강아지가 시끄럽게 짖어 댔다.

쾅! 조용히 하라는 듯 문을 소리 나게 닫고 안으로 들어왔다.

허물처럼 벗어 둔 이불을 피해, 가비는 침대 살 돈이 없어서 매트리스만 깔아 둔 공간에 발라당 드러누웠다. 자기에게 온 우편물을 뜯어 봤다. 카드 값, 통신비, 수도세 등등. 다 돈 빠져나간다는 내용이었다. 여름이 다가와 방 전체가 습한데도 에어컨을 켤 엄두조차 나지 않았다. 천장 모서리엔 지난 비로 얼룩진 벽지를 타고 검정 곰팡이가 피어나 있었다.

영지의 환영이 다가와 가비의 귓가에 소곤거렸다.

"……닥터 진 말이야. 자기랑 잔 여자들 손톱을 포르말린 병에 모은다는데? 어때, 그거 진짜일 거 같지?"

진주의 손톱이 떠올랐다.

"개한테 물려서요."

옆집 강아지가 캉캉 우짖었다. 개? 정말 개한테? 가비가 머리맡에 두고 잤던 진주의 반클리프 팔찌를 들어 올렸다. *J. J.*가 새겨진 동그란 팔찌 안에서 소리굽쇠처럼 진주의 목소리가 울려 퍼졌다.

"스토커예요. 스토커라니까요? 제 말 못 믿어요?"

"타워펠리스 사는데 가난할 수가 있어?"

가비가 몸을 뒤척였다.

"이 비싼 걸 잃어버려도 찾으러 오지도 않잖아?"

제일 가느다란 링이 가비의 월급, 보석 박힌 두꺼운 링은 가비가 1년 동안 버는 돈보다도 비쌌다. 영지가 말한 것처럼, 진짜, 진주 언니네 집이 마지막 땅까지 담보 잡혀 절절매는 집이라면 그럴 수 있을까?

영지의 환영이 또 속삭였다.

"아냐. 말했잖아. 우리 아빠가 변호사라 잘 알거든. 연수원 시절부터 진주 아빠? 유명했대. 내가 나중에 이 나라 대통령 될 사람이야! 야망이 엄청났지. 촌구석 개천에서 난 용이 죽어라 공부해서 사시 패스하고, 여자 하나 잘 물어서 비빌 언덕 찾고 찾다가, 졸부 집 딸내미랑 결혼을 한 거야. 진주네 외가가 그때까지만 해도 돈은 있었거든."

그러고 나서 귀신처럼 낄낄거렸다.

"처가를 디딤돌 삼아 야욕을 꽃피우고 싶은데 선거마다 줄줄이 낙선. 망해 가는 집안에 남은 건 예쁘고 똑똑한 딸 하나뿐이라고. 우리 엄마가 그러더라. 고이 키운 딸내미 미인 대회 1등 만들어 세계 대회 내보내고 싶었는데……. 너도 TV로 봤지? 그때 뜬금없이 부산인가 어딘가에서 엄청 예쁜 애가 나왔잖아? 누가 봐도 인정할 만한? 그때 걔한테 밀려서 유진주가 2등을 한 거야."

가비는 휴대폰으로 진주의 수상식 때 나온 인터넷 기사를 찾아봤다. 선배 기수에게서 크고 화려한 왕관을 물려받는 사진. 보석처럼 눈물을 글썽이며 서로를 다정하게 껴안고 있는 사진. 사람들을 향해 환하게 손을 흔드는 사진. 가비의 진주 언니가 2등인 건 맞았다.

"너 그거 아냐? 걔 2등 상 받을 때, 피켓 든 오수정은 기뻐서 울고, 유진주는 분해서 운 거? 자기가 2등밖에 못 했다고. 그러니까, 진주의 진짜 모습은 사실……."

lovely_ssu 님이 라이브 방송을 시작했습니다.

가비 폰에 인스타그램 알림이 떴다.

#

인스타그램에서 하는 라이브 방송은 일종의 화상 채팅 형식으로 이루어진다. 계정 주인이 카메라를 켜고 방송을 시작하면 그 계정을 팔로우 하고 있는 사람들에게 알림이 온다. 팔로워가 채팅에 참여하면 계정 주인이 그걸 보고 화면 속에서 인사를 한다. 수정이 gabi_nail_101을 알아보았다.

"어? 가비 들어왔다. 안녕. 가비!"

네일과 페디를 받고 간 후로 gabi_nail_101과 lovely_ssu는 인스타그램에서 꽤 친해졌다. 가비가 사진을 올리면 수정이 '좋아요'를 누르고 수정이 신상 원피스 사진을 올리면 거기에 가비가 문의 댓글을 달았다. lovely_ssu는 '원장님!' 하며 반가워하더니 그 후로 한 번 두 번 더 그렇게 부르다가 어느샌가 gabi_nail_101에 '가비!'라고 다정하게 댓글을 달았다. 수정의 인터넷 쇼핑몰에서 구찌st 원피스와 자외선 차단 효과 인증 스티커가 붙은 선글라스를 구매한 후였다.

"오늘은 있잖아요. 우리 쮸들을 위한 깜짝 경매 라이브 방송을 진행할 거예요."

수정의 인스타그램 예명은 '쑤(ssu)', 그녀의 팔로워들은 '쮸(zzu)'였다. 수정이 피리 불 듯 입술을 동그랗게 오므리고 '쮸쮸쮸쮸!' 하면 채팅 창에 팔로워들이 쥐 떼처럼 달려들었다.

— 쑤! 오늘은 무슨 경매 진행하려나?

— 쑤 언니 저 지난번에 문의한 원피스요. 언제 재입고?

— 귀걸이 사고 싶은데. 그 깃털 귀걸이도 오늘 경매에 나오나요?

— 쑤 언닌 피부 비결이 뭐예요? 언니네 쇼핑몰에서 마스크 팩은 안 파나요?

팔로워들의 질문이 쏟아졌고 그중에서 수정이 필요한 것들을 골라 개인 라이브 방송에서 답변했다.

"경매에는 쇼핑몰 오수정에 아직 업데이트 안 된 신상이랑 봄 재고들 정말 말도 안 되는 가격으로 풀 거예요. 음, 지난번 문의한 그 원피스는 품절이고요. 귀걸이, 우리 쇼핑몰 깃털 귀걸이 진짜 예쁘죠? 그거 내 오리지널 디자인인데, 그것도 품절. 지금 제가 하고 있는 이 귀걸이는 어때요? 이것도 스와로브스키 원석인데. 피부 비결? 난 우리 쇼핑몰에서 파는 제품 써요. 해조 마스크 팩 엄청 촉촉하고 좋아. 다음에 팩 하는 거 라이브 방송 할게요."

인스타그램에서 많이 팔아 본 솜씨로 수정이 매끄럽게 답변을 진행했다.

"무엇보다 가장 궁금해하시는 거. 오늘 경매 하이라이트가 뭐냐면……."

수정의 품으로 윤기 흐르는 코커스패니얼이 뛰어들었다. 쟤도 딱 자기 같은 개 키운다고, 가비는 생각했다. 눈이 땡그란 강아지가 수정과 옆에 있는 다른 여자를 번갈아 보며 혀를 헥헥거렸다. 개 옆에서 새하얀 손이 도자기 같은 네일 아트를 반짝거리며 인사했다. 장마철 댐 불어나듯 채팅에 참여하는 팔로워들이 늘어났다.

— 대박! 진주 언니다!
— 쑤 언니 진주 언니랑 어떻게 알아여?
— 진주 언니랑 쑤 언니랑 대학 때부터 친한 사이임
— 언니! 언니! 언니! 언니들 둘 다 진짜 너무 예뻐요!

과연 50만 팔로워를 거느린 진주 언니였다.

가비도 재빨리 댓글을 달았다. '언니! 저 언니 네일 해 드렸는데! 기억하시죠?'

그러나 무섭게 치고 올라오는 다른 팔로워들의 댓글에 gabi_nail_101의 말은 흔적도 없이 밀려나 버렸다. 수정도 보지 못할 만큼 빠르게 말이다.

"오늘 쑤의 경매 라이브에서는요. 바로 이 가방! 옆에 보이는 여기 이 진주 언니의 샤넬 보이 백! 이따가 방송 끝날 때 진행할게요?"

수정이 진주가 기증한 상품을 잘 보이는 곳에 올려 두고 먼저 쇼핑몰에서 파는 옷이나 벨트, 액세서리 따위를 하나씩 팔았다. 샤넬 보이 백은, 그것도 유진주의 샤넬 보이 백은 라이브 방송에서 엄청난 홍보 효과를 불러일으켰다. 수정의 팔로워들이 라이브 방송을 보고 진주의 팔로워가 되기도 했지만 진주의 팔로워들이 수정의 라이브 방송으로 몰려든 숫자가 그보다 훨씬 많았다.

저건, 가져야 해.

인스타그램 라이브를 보고 있던 가비의 동공이 우주처럼 커다랗게 확장됐다. 그 검은 공간엔 진주의 샤넬 백이 두둥실 행성처럼 떠다녔다. 그 별들을 쫓아 가비는 진공 상태에서 최선을 다해 허우적거렸다. 개한테 물려서 손톱이 깨졌단 진주의 말이나 수정의 품에서 왕왕대는 코커스패니얼, 그 인위적인 조합은 조금도 눈에 들어오지 않았다. 진주 언니가 가비에게 네일 받으러 왔을 때 들고 왔던 저 가방! 저 보드라운 샤넬 백을 가져야 한다!

— 언니 저 90
— 100이요.
— 백십! 110!

모두가 갖기를 바라지만 아무나 가질 수 없는 것. 그래서 더더욱 탐이 나는 것. 그것을 든다는 사실만으로도 저걸 가지지 못한 타인에게 부러움을 사고 아름답다는 칭찬을 받을 수 있는 것.

— 155!

가비의 투지가 활활 불타올랐다. 사람들이 부르는 숫자가, 속도가, 점점 빠르게 치솟았다.

— 170!
— 180!

비싸면 비쌀수록, 가져야 할 이유가 더 강해졌다. 영지의 환영, 높은 페디큐어 의자에 앉아 가비의 합성수지 가방을 내려다보던 그 눈빛. "평소에 엄청 소박하신가 봐요?" 가비의 옷, 신발, 액세서리 등을 차례대로 훑던 그 기분 나쁜 시선으로부터 저 가방이 불쌍한 가비를 지켜 주리라.

— 200!

그리고 무시가 아닌 존경을 선사하리라. 경매에 뛰어든 가비에겐 이번 달 갚아야 할 카드 값, 수도세, 전기세, 통신비, 자잘한 것들이 전혀 떠오르지 않았다. 저게 내 것이 되면, 저것만 내 것이 된다면! 저 은으로 된 쇠사슬 같은 체인을 어깨에 두르고 꼴 보기 싫은 허영지 따위 가방으로 툭 치고 지나가 주리라.

"마감! gabi_nail_101 님! 축하드려요! 샤넬 백 주인공이 되셨습니다!"

수정이 양손 엄지를 척척 세우며 가비를 추켜세웠다. 그 바람에 갈색 코커스패니얼이 진주의 품으로 뛰어들었다. 진주가 화려한 스톤을 붙인 손끝으로 강아지의 동그란 머리통을 온화하게 쓰다듬었다. 정신을 차린 가비에게 그 반짝이는 손끝이 다시 눈에 들어오려는 찰나, 수정이 빤질빤질한 검은 가죽 샤넬 백을 카메라 앞으로 쑥 들이밀었다. 부럽다! 나도 갖고 싶었는데! 아까워라! 조금 더 부를걸! 채팅 창이 난리가 났다. 경매에 참여했지만 그것을 갖지는 못한 팔로워들이 가비를 뺑 둘러싸고 질투하듯 박수를 쳤다. 가비 눈앞에서 화면 속 수정이 방긋 웃고, 그 옆에 있는 진주가 환하게 웃고, 다시 화면 밖에서 가비가 그들을 따라 웃었다. 그들은 지금 다 함께 웃고 있다.

"gabi_nail_101 ID 공지에 걸어 줄게요. 쮸 여러분. 이 친구가 강남에서 네일 숍 하는데 진짜 잘해요. 꼭 가 보세요. 가비야, 우리 쮸들 가면 할인해 줄 거지?"

수정은 센스 있게 가비의 네일 숍 홍보도 잊지 않았다.

이렇게까지 할 생각은 없었는데, 네일 숍 직원인 가비는 망설이다 뭔가에 취한 사람처럼 채팅 창에 댓글을 썼다. '당연하죠! 수정 언니. 쮸 여러분! 언제든 환영해요!' 팔로워의 문의가 빗발쳤다. 강남역 어디에 있는 거예요? 가격은 얼마예요?

할인 얼마나? 그러면서 가비의 계정을 팔로우 하는 사람들도 늘어났다.

500 남짓했던 팔로워가 금방 700으로 늘어났다. gabi_nail_101에 쏟아지는 관심에 가비의 입이 절로 벌어졌다. 살면서 이런 적은 처음이었다. 누군가에게 시선을 받는다는 건 이런 기분이구나. 와. 괜히 나, 엄청나게 특별한 사람이 된 거 같아.

"강남역 네일 숍?"

"응. 거기. 너 예전에 갔던 데. 손톱 잘하더라. 원장이 젊은데 센스 있어."

화면 속에서 수정과 진주가 나누는 대화가 들렸다. 가비가 라이브 방송에 나오는 진주를 빤히 봤다. 진주 언니, 저 기억하시죠? 그날, 비 오던 그날 밤요.

방송을 마무리하며 진주가 품에 안고 있던 코커스패니얼을 수정에게 건네주었다. 수정이 진주 대신 강아지를 껴안았다. 그제야 가비는 뭔가 이상한 걸 눈치챘다. 어? 그러고 보니 진주 언니 개한테 물렸다면서 계속 수정이네 개를 안고 있었네? 갸우뚱하게 고개를 숙이며 라이브 방송을 끝까지 들여다봤다. 진짜 개한테 물렸으면 저럴 수 있나? 가비가 발라 줬던 레몬 컬러는 이미 다른 네일 아트로 바뀌어 있었다.

뭔지 모를 이상한 느낌. 아주 잠깐 화면 속 진주가 가비를 쳐다본 것 같은 착각. 기분 탓인가? 그럴 리가 없잖아. 전혀. 가비는 진주와 수정의 모습을 볼 수 있지만, 저 둘은 채팅 창에서 팔딱거리는 gabi_nail_101 ID만 볼 테니.

　들뜬 가비가 '진주 언니. 저 언니 가방 샀어요!'라고 따로 인스타그램 DM을 보내려던 순간, 가비의 폰이 그대로 꺼져 버렸다. 보호 필름을 붙인 검은 액정에 진주를 좇는 가비의 얼굴이 반사돼 비쳐 보였다.

# 4 #핫플 #핫플레이스 #HOT
#맛스타그램 #청담동맛집 #맵31
#같은날같은시간같은장소

#

가비는 지금 한껏 꾸미는 중이다.

뜨겁게 달군 고데로 머리카락 끝을 부드럽게 말았다. 스팀이 연기처럼 피어올랐다. 어깨 아래로 자연스러운 컬이 떨어졌다. 거울 속에 수정의 인터넷 쇼핑몰에서 산 구찌st 원피스를 입은 가비가 있다. 백화점에서 받은 조말론 라임바질앤만다린 샘플 향수를 뿌리고 거의 다 떨어져 가는 바비브라운 립스틱을 새끼손가락으로 파서 펴 발랐다. 입술 안쪽부터 바깥쪽으로 점점 더 연하게.

진주에게서 인스타그램 답장이 와 있었다. '축하해요.' 그

74

녀는 친절한 이모티콘도 잊지 않았다. 그녀와 처음 주고받은 DM이었다. 가비가 신나서 또 답장을 보냈다. '언니! 저 샤넬 돈은 어디로 입금하면 될까요?' 가비와 진주의 대화는 빠르고 짧게 끝났다. '아, 그건 수정이랑 이야기하시면 될 거 같아요.'

가비가 고이 모셔 두었던 샤넬 보이 백을 꺼냈다. 엄밀히 따지면 진주의 대답은 가비가 아닌 가방에 대한 회신이었다. 네일 숍에 놓고 간 팔찌에 대해서, 그날 다친 손톱의 비밀에 대해서 묻고 싶었으나, 아직까지 가비는 진주에게 그럴 만한 대상이 아니었다. 뭔지 모를 선. 가비와 진주 사이엔 그 보이지 않는 선이 존재했다. 누군가에겐 언니, 또 다른 누군가에겐 gabi_nail_101인 그들의 관계에서 말이다. 손목에 진주의 반클리프 팔찌를 레이어드한 가비는 샤넬 보이 백의 은빛 체인을 두 줄로 감아 어깨에 메곤 또각또각 보세 힐 소리를 내며 소개팅 장소로 걸어 나갔다.

#

일요일 강남. 컨테이너 박스 콘셉트의 화덕 피자 가게 앞은 가비 또래 아이들로 와글와글했다. 들붐비고 치대는 인파 속에 서서 기다리느라 가비는 발 앞꿈치에 피가 쏠려 발가락이 터질 지경이었으나 내색은 하지 않았다. 그녀 곁에서 소개팅하기로 한 남자가 어쩔 줄 몰라 했다.

"가비 씨, 다리 많이 아프시죠……."

목소리마저 훈훈한 이 청년의 이름은 이훈. 가비보다 두 살 많은 남자다. 그는 청바지에 깔끔한 반팔 피케 셔츠를 입고 있었다. 향수는 따로 뿌리지 않는지 아무 냄새도 나지 않았다. 가게에서 풍겨 나오는 피자 냄새가 저 남자한테서 나는 것 같다고 가비는 생각했다. 주방에서 일해서 그런가?

얼마 전 가비는 나 원장을 조르고 졸라 이 남자를 소개받기로 했다. 인스타그램에서 진주에게 답장이 온 후로 네일 숍에서 가비는 틈만 나면 Jin_the_grace 계정을 들여다봤다. 옆에서 따라 보던 나 원장이 "어! 나 이 사진 속 레스토랑 잘 아는데!"라고 말한 게 발단이었다.

청담동에 있는 프렌치 레스토랑 맵31은 진주와 친구들이 자주 가는 곳이었다. 가끔 다 함께 인당 10만 원짜리 점심을 먹거나 각자 데이트하는 남자들과 수십만 원짜리 저녁을 먹는 레스토랑. 샤넬 백 사느라 다음 달 월급까지 가불한 가비에게 사진 속 음식들은 진실로 그림의 떡이었다. 그 음식들을 꼭 한 번 먹어 보고 싶었던 가비는 주말에 교회 청년부 활동을 빼놓지 않고 꼬박꼬박 하는 나 원장을 졸라 훈이라는 남자를 소개받기에 이른 것이다.

가비가 이번엔 발뒤꿈치에 힘을 줬다. 조금만 더 기다리면 발 전체가 마비될 것 같다. 맵31에 가고 싶었는데 웬 피자집이

람. 가비가 속으로 투덜거렸다. 인생은 역시 뜻대로 되는 게 하나도 없다. 아니면 사람을 이용하려 해서 벌 받았나.

훈이 뒤통수를 벅벅 긁었다.

"미안해요. 제가 괜히 여기로 오자고 해서……."

그가 처음 가비에게 소개팅 장소를 묻는 문자를 보냈을 때, 가비는 빛의 속도로 맵31에 가 보고 싶다고 했다. 그걸 훈도 기억하는 모양이었다. 하지만 일개 주방 보조가 청담동 고급 레스토랑의 일요일 황금 시간대 자리를 차지하기란, 가격도 가격이거니와 퍽 눈치 보이는 일이었다.

그래서 둘은 지금 훈의 친한 형인 맵31 메인 셰프가 소개한 강남의 진짜 맛있다는 화덕 피자집 앞에서 주야장천 기다리는 중이다. 여름 땡볕에 가비의 화장이 피자 치즈처럼 녹아내렸다. 지글지글 올라오는 가비의 울화통에 훈이 안절부절못하고 대기 인원을 부르는 직원 옆에서 서성거렸다.

"그, 저희 예약했는데요. 가게 실수면 저희 먼저 들어가게 해 주셔야 하는 거 아닙니까?"

훈의 말에 아직 일한 지 얼마 안 돼 보이는 앳된 아이가 제대로 대응도 못 하고 쩔쩔맸다. 맛집은 맛집인 모양인지 기다리는 손님들이 차고 넘치는데 밖에 선 직원은 달랑 하나였다. 이제 막 스무 살쯤 됐을까? 여직원 혼자 전화받고 연락처 적고 테이블 비면 손님 부르며 찾으러 다니는 걸 보며, 가비는 4년 전 처음 강남에 올라왔을 때가 생각났다. 나도 처음에 엄청 우왕좌왕했는데.

"그러지 말고, 오빠. 여기 완전 핫한 곳 같은데 기다리는 동안 저 사진이나 찍어 주세요."

가비가 훈의 팔을 잡고 흔들었다. 그녀의 오빠 소리에 귀까지 벌게진 훈이 땀범벅이 된 두 손을 청바지에 싹싹 문질러 닦았다.

"아, 여기 추천해 준 형한테 안에 아는 사람 없냐고 연락해 보고 있었는데…… 그럼 가비 씨, 어떻게 찍어 드릴까요?"

훈이 가비가 내민 휴대폰을 받아 들었다.

사진 애플리케이션을 켜자 화장이 녹아 흐르던 가비의 얼굴이 하얗고 뽀얗게 자동 보정됐다. 훈의 눈엔 이미 필터 따위 필요 없어 보였지만. 남자의 애정 어린 눈길에 가비가 토끼처럼 폴짝폴짝 뛰어다니며 갖가지 포즈를 잡았다. 높은 힐에 구겨 넣은 발의 아픔 따위, 인스타그램에 올릴 멋진 사진을 건지기 위해서라면 가비는 참을 수 있었다. 찰칵! 아침부터 부지런히 손질한 머리카락이 휘날리도록, 찰칵! 찰칵! 오늘 특별히 개시한 샤넬 백이 돋보이도록, 또 찰칵! 찰칵! 찰칵! 붉은 립스틱이 도드라지도록 얼굴 클로즈업한 사진도, 찰칵! 찰칵! 찰칵찰칵!

그렇게 한참을 훈이 가비의 포토그래퍼가 되어 가로세로 각종 사진을 찍고 있는데 그의 청바지 주머니에서 부르르르 문자 알림이 울렸다. 훈이 촬영을 멈추고 누군가와 잠시 통화를 하더니 가비에게 조심스레 물었다.

"저……. 가비 씨. 혹시 괜찮으시면 맵31로 가실래요?"


#


일본식 정원을 현대적으로 해석한 미니 정원을 지나 가비
는 훈을 따라 청담동 프렌치 레스토랑 맵31로 들어갔다. 모던
한 공간은 가비가 생각한 것 이상으로 품격 있고 근사했다. 유
니폼을 입은 직원들이 적당한 위치에서 불편함이 없도록 손님
들을 맞이했다. 직원들이 정중하게 인사할 때마다 가비도 갸
우듬하게 고개를 숙였다. 주말에는 예약제로만 손님을 받아
레스토랑 안은 적당히 분주하고 한가했다.

"세상에나. 오빠, 디저트가 너무 예뻐요!"

"아, 가비 씨. 이건 디저트가 아니고 아뮤즈부쉬라는 건데
요. 식전에……."

찰칵! 가비가 사진을 찍어 댔다. 고급스러운 식기류, 탄산
수 기포가 몽글몽글 올라오는 투명하고 깨끗한 유리잔, 작고
예쁜 그릇에 올망졸망 놓인 장미꽃 모양의 연어와 크래커를
보며 가비는 진주의 인스타그램에서 봤던 사진들을 떠올렸다.
찰칵! 찰칵! 사진으로만 봐도 예뻤던 음식들인데 실제로 보니
더 먹음직스러웠다. 사진 속 진주가 현실에서 더 아름다웠던

것처럼.

음식에 대한 관심을 자기에 대한 관심으로 생각했는지 훈은 가비에게 열심히 이게 어떤 음식인지 어떤 순서로 먹는 건지 이 맛을 내기 위해 재료 손질을 어떻게 하고 조리는 또 어떻게 하는지 한참을 떠들어 댔다. 요리 이야기를 하면서 들뜬 훈을 보며 가비는 '저 남자 눈이 참 초롱초롱하네?' 생각했다. 테이블 위로 가리비 카르파치오와 랑구스틴, 삼색 양념 소금을 곁들인 푸아그라, 트러플을 끼얹은 농어 구이, 닭다리살 구이까지 긴 설명이 이어졌다. 레스토랑 안에 흐르는 잔잔한 음악처럼 가비는 훈이 하는 이야기가 참 듣기 좋았다. 고기가 입안에서 살살 녹았다.

둘이 메인 디시인 송아지 안심 스테이크를 썰고 있는데 가게 입구 쪽으로 검은색 에쿠스가 천천히 멈춰 섰다. 차 뒷문을 열고 한눈에 봐도 모델 같은 남자와 여자가 걸어 나왔다. 여자는 바닐라 아이스크림처럼 흰 샤넬 보이 백을 메고 있었다.

곧이어 가게 안으로 걸어 들어오는 주세페자노티의 가볍디가벼운 발소리가 들려왔다. 여자는 들어오면서 걸치고 있던 여름용 카디건을 자연스럽게 직원에게 건넸다. 옷가지를 받은 직원이 반듯이 펴서 코트 걸이에 걸고, 매니저로 보이는 남자가 커플을 자리로 안내했다.

가비의 시선은 현준과 진주가 들어온 순간부터 테이블에 앉을 때까지 계속 그들을 따라갔다. 그때부터 훈이 하는 음식

설명은 하나도 들리지 않았다. 월트 디즈니 애니메이션에 나올 법한 왕자와 공주처럼 그 둘은 냅킨을 반으로 접어 각자 무릎에 펴고 가게 이름이 새겨진 작은 물수건으로 손을 닦았다.

훈이 밥을 먹다가 가비의 시선을 따라 뒤돌아봤다.

"아는 사람이에요?"

"네."

가비가 옆에 놓아둔 샤넬 백을 만지작거렸다.

"아는 언니예요."

"우와, 가비 씨 저 사람들 어떻게 알아요? 저 남자 분 되게 유명한데."

"어떤 사람인데요?"

"이 가게 자주 오는 분인데 엄청 잘산다고 들었어요. 맨날 기사 딸린 차 타고 오던데……."

아, 그럼 그때 네일 숍에서 봤던 에쿠스는 운전기사였구나. 그렇다면 저 남자가?

"……장현준이라고. 여기 지분 있다고 들었어요."

그래. 현준이다. 그날 밤, 진주가 개한테 물린 손톱을 손질하고 만나러 갔던 그 남자. 허영지가 말한 D외고 동창생. 진주 엄마가 강하게 밀어붙였다던, 재벌 방계쯤 된다고 했던가? 맙소사. 그런데 저렇게 잘생기기까지 했단 말이야? 완전 아이돌 가수 같잖아? 가비가 훈에게 물었다.

"또요?"

"듣기론, 원래 자차는 페라리인데 사람들 시선 의식해서 에쿠스 타고 다닌대요."

"그리고요?"

"관심이 많으시네요, 가비 씨? 음……. 아, 혹시 한도 없는 카드 본 적 있어요? 메탈 재질로 된 카드인데 누르면 번호가 바뀌거든요. 저도 그런 카드 처음 봤는데……."

훈의 어깨 너머에서 현준과 진주가 와인글라스를 부딪쳤다. 찰랑이는 포도주에서 그윽한 향이 소용돌이처럼 올라와 가비를 휘감았다.

"가비 씨……?"

가비는 인스타그램에서 산 샤넬 백을 들고 자리에서 일어나 진주에게 다가갔다. 발이 퉁퉁 부어서 값싼 샌들 사이로 붉은 살이 비죽비죽 튀어나왔다. 한적한 레스토랑 안의 소리가 모두 사라지고 또각거리는 가비의 구두 굽 소리만 울려 퍼졌다.

"진주 언니!"

가비가 인사했다.

"언니, 저 아시죠. 그때 그 강남역 네일 숍요. 인스타그램 라이브 방송에서 수정 언니랑 셋이 대화도 나누고 다 같이 웃기도 했잖아요. 우리 얼마 전 이 가방 때문에 DM도 주고받았는데."

"안녕하세요?"

진주가 가비를 보며 미소 지었다. 초승달 같은 두 눈, 입가에 걸린 은연한 미소가 꼭 가비에게 보냈던 이모티콘 같았다. 그 소리 없는 웃음에 가비의 세계에 한 줄기 섬광이 번쩍 내리쳤다.

"언니! 진짜 오랜만이에요! 그동안 잘 지내셨죠?"

"잘 지냈죠."

"못 본 사이에 더 예뻐지셨네요. 대회 때보다."

"고맙습니다."

진주가 고개인사를 했다.

"언니, 로스쿨 공부는 어때요? 힘들진 않으세요?"

"학교는 뭐 그럭저럭요. 여기 식사하러 오셨나 봐요."

"네! 앞으로 더 자주 오려고요! 언닌 뭐 주문하셨어요? 저 흰 러, 런치를 먹, 먹으러……."

가비가 갑자기 말을 더듬었다. 입가에 사분사분한 미소를 건 진주가 가비의 손목에 겹겹이 걸려 있는 반클리프 팔찌를 싸늘하게 내려다보고 있었던 것이다. 아무 말 없이. 새까만 진주의 눈동자에서 검은 기운이 번져 와 스멀스멀 가비의 몸을 타고 올라왔다. 등나무 줄기처럼 가비의 숨통을 꽉 옥죄었다. 살갗에 오소소 소름이 돋았다. 가비가 인형처럼 굳어 버렸다. "너 그거 도둑질이야!" 어둠 속에서 나 원장이 고함쳤다. 도둑! 도둑질! 도둑이다! 도둑이야!

"이, 이거……."

돌려주려고 했다. 처음부터 자기 것이 아니라고 가비는 생각했다. 진짜다. 그냥 너무 예뻐서. 정말로 딱 한 번만, 아니 몇 번만, 원래 주인이 찾으러 오기 전까지 그때까지만 살그머니 끼려고 했다. 정말인데, 이건 진짜로……!

"선물한 거, 잘 어울리네요."

그날 진주의 그 천사 같은 얼굴은 가비에게 진짜 선물이었다. 당장이라도 가게 매니저를 불러 한바탕 소란을 피울 수 있었을 테지만 그녀는 좋은 분위기를 해치지 않았다. 다리를 달달 떨고 있는 가비를 슬며시 보더니 모른 척 넘어가 주었다. 그것이 가비를 위한 것인지 그녀의 데이트를 위한 것인지는 아무도 알 수 없었지만. 옆에 앉은 현준이 진주의 잔에 와인을 따랐다.

"아는 사람?"

진주가 나비 같은 속눈썹을 깜빡이며 술을 홀짝였다.

"응. 조금?"

그녀의 가만가만한 목소리가 가비의 귓가에 자그마하게 들려왔다. 저주가 풀린 듯 가비의 뺨에 발그레 혈색이 돌았다. 숨을 크게 들이켰다. 공기는 그대로였다. 진주 옆에 놓인 새하얀 샤넬 백. 가비는 중고로 산 새까만 샤넬을 가슴팍까지 꼭 끌어안았다. 그동안 가비에게 썩 어울리지 않았던 차가운 반클리프 팔찌가 이제 그녀의 손목에 그 어느 때보다도 강력하게 채워져 버렸다.

Jin_the_grace에 음식 사진이 올라왔다. #청담동맛집 #맵31.

가비도 아까 찍은 사진들을 gabi_nail_101에 따라 올렸다. #핫플 #핫플레이스 #청담동맛집 #맵31 #맛스타그램.

같은 날, 같은 시간, 같은 장소에서 찍은 두 여자의 엇비슷한 프렌치 요리 사진과 간략한 해시태그가 인스타그램 피드에 차례대로 올라갔다. 둘 다 '맵31'이라는 똑같은 위치 정보를 달고. Jin_the_grace 사진 밑에 lovely_ssu, h.young.zi, Lynn_MSL의 댓글이 줄줄이 달렸다. '진주! 청담이면 날 부르지!', '누구랑?', '나도.' 인스타그램 사진으로만 진주의 소식을 전해 들은 사람들 아래로 gabi_nail_101이 보란 듯이 글을 썼다. '언니 오늘 완전 반가웠어요! 우리 또 봐요.'

그걸 본 lovely_ssu가 '뭐야? 둘이 맵31 같이 간 거야?' 가비의 계정에 들어와서 요란을 떨었고 가비와 진주가 동시에 단 #청담동맛집 #맵31 해시태그를 검색해 봤을 얼굴 모를 계정들이 gabi_nail_101을 팔로우 했으며 가비의 팔로워 숫자는 어느덧 900에 가까워져 가고 있었다.

# 5 #Blue #OOTD #일상 #일상그램

---

\#

"가비 팔로워 많이 늘었더라. 곧 천 넘겠던데?"

팔로워 13만이 넘는 수정이 에르메스st 가든파티 백에 청록색 트윌리를 감아 건네며 칭찬하듯 말했다. 그녀가 자체 디자인했다는 파란 셔링 원피스를 입은 가비가 가방을 들고 뱅그르르 돌았다. 찰칵! 찰칵! 찰칵!

휴일에 가비는 수정이 사는 집으로 놀러 왔다. 거실 한가운데 크리스털 샹들리에가 달려 있고 예쁜 촛대와 그릇이 장식장에 전시돼 있었다. 캐노피가 하늘거리는 큰 침대가 놓인 공주님 방을 지나, 가비는 수정을 따라 그녀의 쇼룸으로 들어갔다. 쇼핑몰에서 파는 제품들과 각국에서 쇼핑해 온 명품들이 한가득 진열돼 있었다. 침을 꿀꺽 삼키는 가비를 보며 수정이 "맘에 들면 들어 봐." 하면서 이것저것 내밀었다. 가비가 조심스레 에르메스 백을 골랐다.

"언니, 이건 진짜야?"

"아니. 그건 우리 쇼핑몰에서 파는 거."

수정이 캐논 DSLR로 찍은 사진을 보내 주었다.

"네 인스타그램에 올려 줘. 알았지?"

마침 가비도 인스타그램에 올릴 만한 새로운 사진이 필요하던 참이었다. 훈 덕분에 청담 맵31에 다녀온 후로 gabi_nail_101에는 '언니 예뻐요.', '손톱 멋져요.', '우리 소통해요.' 같은 댓글들이 사진마다 달리기 시작했다. '언니 뭐 하는 사람이에요?' 묻는 사람도 있었고 Jin_the_grace나 lovely_ssu 같은 럭셔리한 여자들과 엮인 가비를 대단하게 보는 팔로워들도 늘어났다. 그래서 가비도 늘어난 팔로워들에게 보여 줄 뭔가가 더 있어야 했다. 화려하고 찬란한. 보기만 해도 아름다운 것들이. 오늘 찍은 사진은 거기에 잘 부합하는 것이었다. 수정은 참 비싸 보이게 사진을 잘 찍었다. 에르메스st도 에르메스처럼 보였다.

통통한 여자도 늘씬해 보이게 해 주는 기분 좋은 전신 거울들을 따라 가비는 선반에 놓인 수정의 다른 가방들을 구경했다. 진짜와 가짜가 섞여 있을 테지만 이렇게 많다니. 네일 아티스트 때려치우고 인터넷 쇼핑몰이나 해 볼까?

"언니, 이거 하면 돈 많이 벌어?"

수정이 손사래 쳤다.

"아, 하지 마. 힘들어."

머쓱해진 가비는 오피스텔치곤 꽤 넓은 공간을 둘러보았다. 그래도 타워팰리스 오피스텔 살 정도면 잘 버는 거 아닌가? 이 언니 차도 BMW잖아. 아, 혹시 부모님이 구해 줬나?

"언니 부모님, 그때 뭐 하신댔지?"

"사업하셔. 무역 쪽. 넌?"

수정의 간결한 질문에 가비의 눈앞에 문구점 주인인 아빠와 엄마가 어른거렸다. 달려가 안기면 '우리 딸' 하고 안아 주던 그 모습이. 잘못하면 크게 혼내면서도 결국엔 본인 가슴이 아파 밤새도록 잠 못 이루고 상처 난 딸의 마음을 다독이던 모습이. 말썽은 부렸지만 넘치도록 사랑받으며 자랐기에 가비는 부모님에게만은 늘 감사하고 존경했다. 그래서 한 번도 부모님을 부끄럽다고 생각한 적 없었는데, 그날만큼은 시골에서 문방구 하는 아빠와 엄마가 작고 초라하게만 느껴졌다.

"맞다. 부동산 하시지? 아, 그게 제일 좋은 거 같아. 사업은 힘들거든."

수정이 푸념했다.

일부러 꼬아서 생각하려고 한 건 아닌데 가비도 모르게 자꾸 속이 배배 뒤틀렸다. 참 내. 힘들어 봤자지. 이런 좋은 집에 살면서.

재밌는 건 가비가 수정에게 느끼는 자괴감을, 수정은 그녀보다 더 큰 집에 사는 진주에게 느끼고 있다는 사실이었다.

"진주는 여기 G동 살아. 제일 큰 평수만 있는 동."

가비는 Jin_the_grace 계정에서 봤던 진주의 집 사진이 떠올랐다. 여성 취향의 캔디 룸처럼 꾸민 수정의 집과 달리 진주의 집은 사진으로만 봐도 세련되고 품격이 넘쳐흘렀다. 아크릴 케이스를 씌운 손바닥만 한 명화가 벽을 따라 걸려 있고 거실에는 화분 대신 예술가의 영혼을 갈아 넣은 커다란 돌 조각상이 놓여 있었다. 수입해 온 디자인 가구가 그 분위기를 더했다.

털이 꼬불꼬불한 코커스패니얼이 가비에게 다가와 코를 킁킁거렸다. 경매 방송 때 봤던 그 강아지였다. 낯선 냄새를 맡았는지 개가 가비를 노려보다가 서서히 날카로운 이를 드러냈다. 가비가 주춤거리며 뒤로 물러났다.

"언니, 이 개…… 물기도 해요?"

"우리 집 개는 순해서 안 물어."

수정이 인형처럼 강아지를 안아 들었다. 세일러 콘셉트의 돛과 스트라이프 패턴이 그려진 네일 아트가 보였다.

"언니, 근데 진주 언니요. 그 언니도 개 키워요? 인스타그램에선 못 본 거 같은데."

"진주는 개 못 키워. 알레르기 있거든."

가비는 이상했다.

"그때 라이브 방송 땐 진주 언니가 그 개 안고 있었는데……?"

"그랬어? 그날 하도 정신이 없어서 몰랐네."

가비를 향해 컹컹 짖고 발광하는 강아지를 수정이 다른 방에 격리하고 나왔다. 개는 닫힌 문 안에서 두 발로 방문을 박박 긁다가 점차 잠잠해졌다.

"수정 언니, 실은 제가 이상한 걸 봤는데요……."

가비는 그날 봤던 진주의 손톱 이야기를 꺼내 놓았다. 깊은 밤, 개한테 물린 손톱들, 하지만 개가 아니었을 듯한 상처에 대하여.

"영지 언니가 닥터 진이 손톱 모으는 변태라고 했잖아요? 그거 진짜 아닐까요? 그것도 아니면…… 뭔가에 저항하려다가 누군가를 세게 할퀴었다던가……?"

"에이, 우리 진주, 그 집에서 얼마나 고이 길렀는데. 진준 몸에 상처 하나 없어요. 어렸을 때 학교에서 단체로 불주사 같은 거 맞잖아? 갠 그것도 외국 나가서 개인 접종하고 왔단 말이지. 흉터 안 남게."

그러면서 Jin_the_grace에 올라온 사진을 들여다봤다. 인스타그램에 새 사진이 올라온 모양이었다.

진주는 호텔에서 열리는 에르메스 바겐세일에 현준과 함께 가 있었다. VVIP들만 암암리에 초대한다는 행사였다. 명품 중에서도 명품으로 손꼽히는 에르메스는 제품 하나를 만드는 데도 엄청난 시간이 걸리지만 그게 팔리지 않으면 모아서 불태워 버린다고 들었다. 브랜드 가치를 지키기 위한 정책이라고 했다. 그러니 이 행사는 굉장히 특수한 경우였다. 오직 특별한 사람들만을 위한. 그녀는 손잡이에 청록색 트윌리를 감은 에르메스 버킨 백을 들고 있었다. 선물 받은 걸로 보이는 쇼핑백을 손에 잔뜩 쥐고서.

수정이 Jin_the_grace 계정 사진에 '좋아요'를 누르고 댓글을 달았다. '우리 진주! 나 빼놓고 이런 데 가기 있기 없기?' 영지의 댓글도 보였다. '또 뭐 샀어?' 세린도 사진을 봤는지 조용히 '좋아요'를 누르고 갔다. 가비도 합세했다. '언니! 이 사진 진짜 최고예요! 미모에 스타일까지 완벽!'

댓글에 진주의 답이 달렸다. 수정에게 '그래. 수정아. 담에 같이 오자.' 영지에게 '오란 슬리퍼랑 스카프 몇 개? 딱히 살 만한 건 없었어.' 그리고 가비에게도. '가비 씨도요.'

이제 가비도 쏟아지는 팔로워들의 댓글 사이에서 진주의 은총을 받는 특별한 사람이 된 것이다. 가비 씨도요. 가비 씨도요? 가비 씨도요! 가비의 온몸이 발갛게 상기되었다. 댓글에 댓글을 또 다는 손끝이 빨라졌다. 말 한마디 더 섞어 보고 싶어 불필요한 말을 더 달았다. 예를 들면 애정을 가득 담은 하트 이모티콘 같은 거.

그 밑으로 하트 이모티콘을 화면 가득 쏟아 내는 희한한 댓글이 하나 달렸다. 진주 사진에 태그가 달린 xx_Imhanna_xx라는 여자애였다. 사진들을 넘겨 보니 현준과 진주 사이에 가비가 처음 보는 까무잡잡한 여자애 하나가 끼어 있었다. 쌍꺼풀 없는 눈에 아이라인을 눈꼬리까지 길게 뺀 것이 캘리포니아나 라스베이거스에서 온 교포 같았다. 키가 작고 살짝 통통하지만 구릿빛 피부 덕에 건강미가 넘쳐 보였다. 그녀는 진주와 색깔만 다르고 디자인은 똑같은 에르메스 오란 슬리퍼를 신고 있었다. 수정이 말했다.

"한나 한국 왔나 보네!"

가비가 물었다.

"한나?"

수정이 대수롭지 않다는 듯 극세사 천으로 코발트블루 에르메스 버킨 가죽을 닦으며 말했다.

"현준이 여동생. 집에 이런 거 넘쳐 나는 애야. 미국으로 쫓겨났다고 들었는데 잠깐 들어왔나 보다."

진주랑 에르메스 바겐세일에 함께 가는 여자앤 어떤 애일까? 가비는 Jin_the_grace 계정 사진에 태그 된 한나의 계정 xx_Imhanna_xx으로 타고 들어갔다. 팔로워가 49만에 달하는 걸 보니 가비가 몰랐던 인플루언서였나 보다. 진주가 한국에서 유명하다면 한나는 좀 더 글로벌했다. 프로필 사진 밑에 홍콩, 싱가포르, 프랑스, 이탈리아 등 거주했던 국가들 국기 이모티콘이 만국기처럼 나열되어 있었다.

그렇게 한나의 사진을 보는데 여긴 또 다른 우주였다. 일단 에메랄드 빛깔 경비행기 사진이 있었다. 개인 경비행기로 보이는 계단을 내려오며 꽈당 넘어진 척하는 사진. 들고 있던 에르메스 켈리 백에서 쏟아져 나온 돈다발, 고가의 화장품들이 담긴 투명 파우치, 선글라스, 보석 목걸이, 뜬금없는 강아지 인형들이 한나의 머리 주변에 흩어져 있었다. 수정에게 듣기론 요새 돈 있는 애들 사이에서 #fallingstarchallenge 라고 이렇게 돈지랄 연출한 사진을 인스타그램에 올리는 게 인기라고 했다. 별 미친 유행이 다 있다고 가비는 생각했다. 한편으론 부러웠지만.

gabi_nail_101이 xx_Imhanna_xx를 팔로우 했다. Jin_the_grace가 팔로우 하지만 Jin_the_grace를 팔로우 하진 않는 대단한 스무 살짜리는 도대체 어떤 앤지 궁금했기 때문이다. 한나의 인스타그램 피드에는 그녀가 키우는 걸로 추정되는 비숑프리제들이 우글우글했다. 얼굴 털을 동그랗게 다듬은 크고 작은 강아지들이 눈도 똥그랗게 뜨고 있었다.

"수정 언니, 얘네 집엔 개가 왜 이렇게 많아요?"

"한나가 개를 엄청 좋아해. 따로 계정도 만들어서 개 사진만 올릴걸?"

xx_Imhanna_xx가 팔로우 하는 계정은 딱 하나였다. 거기에는 사람 사진은 없고 오직 그녀가 키우는 강아지들 사진만 있었다. 비숑이 예쁘게 뛰노는 사진. 비숑이 미용한 직후.

비숑이 리본 단 사진. 비숑이 프로필 촬영 사진. 비숑이 간식 선물 인증 사진. 비숑이들 가족사진.

"수정 언니, 여긴 개가 너무 많은데요? 아니, 개들만 있는데요?"

"한나가 개 후원도 하거든. 걘 자기가 가진 거 남한테 막 퍼 줘. 친하게 지내면 가끔 요런 콩고물이 떨어지지."

수정이 먼지를 후 불더니 코발트블루 버킨 백을 들어 보였다.

"지난번에 네가 산 진주 샤넬 백, 그것도 일부 같이 기부했어. 한나랑."

그러다 곧 가비가 들고 온 검정 샤넬 백을 보며 고개를 절레절레 흔들었다. 시원한 여름 원피스와 확실히 어울리지 않는 구석이 있었다.

"가방이 더워 보인다, 가비."

그건 가비도 누구보다 잘 알았다. 철에 따라 색상을 조합해 손발톱에 칠하는 게 일인데 모를 리 없다. 하지만 아직 나원장에게 가불한 돈을 월급에서 조금씩 갚고 있는 상황이었다. 수정이 진짜 에르메스 버킨 백에 가짜 트윌리를 감으며 말했다.

"이거 한나가 준 건데 너한테 싸게 넘길까? 트윌리는 공짜로 줄게."

수정이 귀엽게 눈웃음쳤다.

닥터 진 병원이 인터넷 실시간 검색어에 오르던 날, 가비 옆집에 살던 여자가 옥상에서 뛰어내렸다. 새벽녘 가비는 출근하기 전에 음식물 쓰레기를 버리러 나갔다가 그 광경을 목격했다. 흰 천을 덮은 시체가 들것에 실려 나갔다. 죽은 여자는 하늘색 에르메스st 민소매 원피스를 입고 있었다. 힘없이 툭 떨어지는 여자의 발목에서 가느다란 티파니 발찌가 반짝였다. 경찰차 불빛이 깜빡깜빡거렸다. 사람들이 웅성웅성 모여들어 수군거렸다. 술집 나가던 여자래. 수상한 남자들이 들락거렸단 말도 있고 빚에 시달렸다는 말도 있었다. 전깃줄이 얼기설기 복잡하게 교차된 전봇대 사이로 해가 떠올랐지만 아침은 밤처럼 컴컴했다. 짙고 푸른 안개였다.

빈집에서 개 짖는 소리가 환청처럼 들려서 가비는 계속 잠을 이룰 수 없었다. 여자의 지독한 향내가, 씰룩거리며 걷던 엉덩이가, 박살 난 채 웃고 있던 얼굴이 가비를 끊임없이 괴롭혔다. 끔찍한 현실보다 더 잔인한 건 사람이 죽었는데도, 재수 없게 왜 여기서 죽느냐며 침을 찍 뱉던 집주인의 태도였다. 떠나간 사람 모양으로 붙어 있던 경찰 테이프는 사람들 기억 속에서 너무나도 쉽게 잊혔다.

반면 같은 날 인터넷에서 이슈가 됐던 '강남 모 성형외과 변태 의사' 기사는 부지런히 사람들 입에 오르내렸다. 포르말린 병에 여자들의 턱뼈를 모았다는 괴담이 마치 진짜처럼 믿겼다. 그 시기 방송 출연에 적극적이던 양악 전문 의사 닥터 진이 개인 사유로 모든 프로그램에서 하차하면서 기사에 거론되는 의사가 진상이라는 말이 파다하게 퍼져 나갔다. 이 역시 확인된 바는 없었다.

"거기가 그래도 얼굴은 참 잘 당겼는데 말이야."

나 원장이 숍에서 손거울을 보며 아쉬워했다. 가비는 잠을 제대로 못 자 눈두덩이 시퍼레졌다. 옆집 여자가 죽고 나서 그런 가십에 신경 쓸 기운이 없었다. 나 원장이 새로 담갔다며 밥에 열무김치를 얹어 줘도 입맛이 없었다.

조금씩 다시 뭔가를 먹게 된 건 훈과 동거한 후부터였다. 사건이 발생하고 나서도 무슨 일 있었냐는 듯 옆집엔 새로운 세입자가 들어왔다. 집주인은 올린 월세를 내라고 틈만 나면 가비를 찾아왔다. 아직 가불한 월급도 다 갚지 못한 상황이었다. 쇠약하고 신경질적으로 변해 버린 가비를 훈이 밥 먹자며 종종 불러냈다. 혼자 있는 게 싫어서, 둘이 있으면 안전하니까, 한 번 두 번 훈이 사는 집에 놀러 간 것이 같이 사는 걸로 이어졌다.

어느 때보다 평온한 일상이었다.

훈이 요리하고 가비가 설거지를 하는. 둘이 커다란 아이스크림을 한 통 사서 쇠숟가락으로 파먹으며 장난치는. 휴대폰으로 유튜브에 올라온 재미난 영상들을 보면서 웃다 잠드는. 그러다 냉장고가 텅 비면 장바구니 들고 시장에 졸래졸래 따라가 같이 식재료를 고르는 그런 나날들. 훈과 가비가 사는 양재동 원룸에 한여름 폭염이 기승을 부려도 두 사람은 냉동실에 얼려 둔 얼음 팩과 선풍기 바람만으로도 시원하고 상쾌했다.

#

한동안 인스타그램을 하지 않았는데도 gabi_nail_101을 보고 네일 받으러 숍으로 찾아오는 사람들이 있었다. 처음 보는 여자애들이 가비를 '가비 언니'라 불렀다.

"언니! 가비 언니! 실물이 더 예뻐요!"

"고마워."

가비가 애들 손톱을 손질하며 대답했다. 고등학생쯤으로 보이는 애들은 수정의 인터넷 쇼핑몰에 올라온 딸이 상품을 입고 있었다. 바닷속을 헤엄치는 발랄한 새끼 물고기처럼 입만 벙긋벙긋했다. 가비에게 궁금한 게 많은 모양이었다. 조금 받아 주니 지지배배 난리가 났다. 가비가 바르는 립스틱은 뭔지, 쿠션은 어디 거 쓰는지, 기초 제품은 뭘 바르는지. 그 관심이 인스타그램 때문이라곤 생각하지 못한 나 원장은 "요새 연애하더니 예뻐지긴 했지." 하며 부러워했다.

가비에게 립스틱은 바비브라운 딱 하나뿐이었지만, 그마저도 바닥까지 다 써서 이젠 케이스만 남아 있었지만, 친하지 않은 애들에게 딱히 할 말은 아닌 것 같아서 그냥 "응. 바비브라운."이라고 답했다. 그러자 한 아이가 눈을 크게 뜨며 물었다.

"언니, 타워팰리스 살죠."

나 원장이 가비를 쳐다봤다.

"너 타워팰리스 살아?"

내가 모르는 네가 있는 거니. 그런 눈치였다. 교회에서 친한 훈의 사정도, 오랫동안 알아 온 가비의 사정도 다 아는 나 원장이었다. 거기에 가비는 무심하게 "네."라고 대답해 나 원장은 더 자지러졌다.

"인스타에 올려야지."

나뭇잎처럼 손바닥을 펼쳐서 네일 아트를 찍던 꼬마들이 가고, 나 원장이 가비의 뒤통수를 세게 후려쳤다.

"뭐? 타워팰리스?"

"아, 씨, 아파요!"

"아프다는 걸 보니 정신은 있나 보네. 너 인마. 이상하게 변한 거 알아?"

"아깐 예뻐졌다면서요!"

"그 전에! 훈이랑 연애하기 전에 말이야!"

나 원장이 가비의 샤넬 백을 쳐다봤다.

#

긴긴 열대야에 훈과 양재천으로 산책을 나왔다. 냇가에서 바람이 선선하게 불어왔다. 훈이 "서프라이즈!" 하며 등 뒤에서 가비에게 줄 선물을 꺼냈다. 지하철역에서 사 온 셀카 봉이었다. "오늘 시무룩해 보여서⋯⋯." 훈이 비장하게 셀카 봉을 여의봉처럼 쭉쭉 늘리는데 가비는 괜히 웃음이 났다. 둘이 다정하게 사진 하나 남기자 해 놓고 버튼을 누르면서 훈이 가비 뺨에 쪽, 뽀뽀를 했다. 찰칵!

"예쁘다. 우리 여보야."

"결혼도 안 했는데 무슨."

가비가 어이없다는 듯 웃었다. 그래도 뭐가 그렇게 좋은지 훈이 실실 웃으며 날도 더운데 자꾸 가비의 옆구리를 끌어안았다. 땀난다고 투덜대면서도 가비는 싫지 않았다. 맨날 바가지를 긁어도 늘 엄마에게만은 다정했던 아빠와, 훈은 여러모로 비슷한 구석이 많았으니까. 가비가 훈에게 살살 손부채를 부쳐 주었다.

"사진 안 올려? 다시 찍을까?"

훈은 인스타그램을 하지 않는다. 나중에 주방 보조에서 셰프가 되어 따로 나와 가게를 차리면 그때 마케팅용으로 배워 보겠다고 했다. 그래도 가비가 평소에 즐겨 했던 거니 그게 뭔지 궁금해했다.

훈과 찍은 사진을 올리려고 가비는 모처럼 인스타그램에 들어갔다. 보니까 수정의 오피스텔에 다녀온 후로 올린 게 없었다. 낮에 네일 받고 간 10대 여자애들이 gabi_nail_101 태그를 달아 둔 사진이 연결되어 올라와 있었는데, 거기엔 가비 언니 실물로 봤는데 예쁘다, 네일 아트 싸게 잘해 줬다, 친절하고 상냥하다는 글이 달려 있었다. 내가 예쁘고 친절하고 상냥했나? 가비가 소리 없이 웃었다.

그렇게 별생각 없이 #LOVE #럽스타그램 #사랑그램 따위의 태그를 달아 훈과 찍은 사진을 올리려던 가비는 피드에 올라온 진주의 사진을 보았다. 진주는 현준과 한나, 그리고 수정, 영지, 세린과 함께 맵31 직사각형 테이블에 앉아 저녁을 즐기고 있었다. 아, 여기 애들 자주 가던 곳이었지. 가비가 훈을 쳐다봤다. 훈이 여기 주방 보조란 거 알면?

"참, 나 어제 레스토랑에서 이상한 거 봤어."

"뭔데?"

가비가 폰을 끄며 물었다.

"저번에 너 인사했던 사람, 혹시 결혼하신 분이야?"

"누구……? 아, 진주 언니? 아니, 아직 싱글일 텐데. 근데 그건 갑자기 왜?"

"어제저녁에 그분이랑 같이 있던 남자 분, 딴 여자랑 디너 드시더라고."

"현준 오빠가?"

"어. 약간 맞선 보는 분위긴 거 같았는데……."

"아닐걸? 혹시 피부 좀 까맣고 교포 같은 애 아니고? 걔 한 나라고, 그 오빠 동생이야."

"동생은 아냐. 그 진주? 그 여자 분이랑 여자 분 엄마로 보이는 사람이 와서 가게 엎어 놓고 갔거든."

"진주 언니랑 언니네 엄마가? 왜?"

가비가 훈을 말똥말똥 쳐다봤다.

"뭐라더라. '장 서방, 자네가 어떻게 우리한테 이럴 수 있나?' 포효하시던데? 그래서 혹시 결혼하신 분인가 물어본 거야. 지난번에 보니까 둘이 친한 사이 같아 보여서."

무슨 소리야. 방금 인스타그램에 진주와 현준이 가족, 친구까지 다 모아서 저녁 먹고 있는 사진이 올라왔는데.

"잘못 본 거 아냐? 오빠 그때 멀리 떨어져 있어서 제대로 못 봤잖아."

"하아……. 분명 맞는데."

훈이 머리를 긁적였다.

"아닐 거야. 오빠보다 내가 더 잘 알걸?"

가비가 폰을 흔들어 보였다.

#

흐르는 물길을 거슬러 걸으며 훈은 양재 꽃 시장에서 배달 아르바이트하던 이야기부터 시작해서 자신의 복잡한 가정사도 담담하게 털어놓았다. 경제적으로 힘들었던 집안, 날마다 소리 지르던 아빠와 엄마, 파탄 난 가정에서 도망치듯 홀로 빠져나와 교회 목사의 돌봄 속에서 컸다고 했다. 꿈이랄 게 없는 시간을 살다가 레스토랑에 데코용 꽃을 사러 온 매니저를 만났고 주방에서 일하며 요리사를 꿈꾸게 됐다. 나중에 자기처럼 지갑이 얇은 사람들이 부담 없이 즐길 수 있는 대중적인 프렌치 음식을 만들고 싶다고. 자기가 구상해 놓은 레시피가 어떤지 가비에게 이것저것 물었다. 꽃도 없는데 어디선가 꽃향기가 나는 것 같았다.

"가게 이름도 생각해 놨어. '불란서 식당' 어때?"

"불란서 식당? 으, 너무 촌스러운데?"

"그래도 부담은 없잖아."

"차라리 맵32 어때?"

그건 너무 아이스크림 가게 이름 같다며 훈이 하하 웃었다.

돈 많아 보이는 가족이 웃고 떠드는 두 사람 곁을 스쳐 지나갔다. 대충 걸쳐도 부유하고 여유로운 분위기는 어떻게든 티가 났다. 어린 자녀들이 부모와 영어로 농담을 주고받았다. 예쁘고 비싼 개를 데리고 조깅 하는 젊은 여자도 눈에 띄었다. 가비는 이상했다. 훈의 꿈은 분명 아름다운데 난 왜 자꾸 위축되는 거지?

양재천 풍경 너머로 밤하늘을 뚫을 것처럼 높이 솟은 고층 주상 복합 건물들이 보였다. 유리로 지은 성처럼 불이 환하게 들어온 수십억짜리 집들 아래 가비는 자신이 보이지 않는 작은 점처럼 느껴졌다. 조금 전까지만 해도 향기롭던 훈의 꿈이 참 별것 아닌 것처럼 느껴졌다. 지금 가비는 아름다운 사람의 향기보다 인위적이어도 고급스러운 조말론 향이 더 좋았다.

훈이랑 난 나중에 어떤 모습으로 살게 될까. 둘이 아무리 벌어도 한가롭게 양재천 산책하는 저 가족들처럼은 못 되겠지. 수정 언니나 진주 언니처럼 타워팰리스에 사는 날이 오진 않을 거야. 그치? 발밑으로 느릿하게 개미들이 지나갔다.

"우리, 돈 모아서 같이 하나씩 일궈 가자. 살림살이 늘려 가는 재미도 있을 거야. 나, 이 집 보증금도 있고 지금 버는 돈도 부지런히 저축하고 있어. 적금 만료되면 더 넓은 데로 방도 옮기고……. 가비야, 듣고 있어?"

"어? 어……."

가비가 손목에 찬 반클리프 팔찌를 만지작거렸다.

"무슨 생각 해?"

"아냐. 근데 오빠, 난…… 돈 하나도 없어."

이제 겨우 샤넬 백 가불한 걸 나 원장에게 다 갚은 터였다.

훈이 가비의 손을 꽉 잡았다. 묻진 않아도 속으로는 전에 살던 집 보증금은 어쨌냐고 궁금할 텐데. 뭔가 사정이 있겠지, 그런 다정한 눈으로 가비를 바라봐 주었다. 물가에 서서 둘이 함께하는 미래를 그려 보았다. 수면 위 흔들리는 불빛처럼 훈과 가비가 함께 사는 모습이 떠올랐다가 물결을 따라 흩어져 버렸다.

가비는 차마 논현동 집 보증금으로 수정에게 에르메스 버킨 백을 사 버렸다고 말하지 못했다. 가방은 개시도 하지 못하고 더스트 백으로 꽁꽁 싸매서 캐리어 안에 넣어 두었다. 훈에게 들킬까 봐 두려웠다.

꼬꼬마들이 인스타그램에 @gabi_nail_101 태그를 달아 네일 사진을 올리고 나서 lovely_ssu가 그 사진을 리그램 했다. 그걸 보고 들어온 건지, 아니면 오래전부터 가비가 무슨 사진 올리나 몰래 지켜보고 있었던 건지, 난데없이 h.young.zi가 gabi_nail_101을 팔로우 했다.

Jin_the_grace 계정에 올라오진 않았지만 h.young.zi 계정엔 자랑하듯 올라온 사진이 있었다. 에르메스 피코탄 백을 든 영지가 에르메스 버킨 백을 든 진주와 다정하게 서래마을 테라스 카페에서 에끌레르를 먹으며 커피 타임을 즐기는 사진이었다.

돈이란 게 처음 쓰기가 어렵지 한번 쓰기 시작하니 갈수록 쉬워졌다.

6  #생일 #Gift #헬레나게스트 #돔페리뇽
#아르망디 #슈퍼카 #Party #Gold
#생일스타그램

---

#

생일 아침부터 가비와 훈은 엇갈렸다. 가비는 훈과 같이
있기를 원했고 훈은 빨리 나가 봐야 한다고 했다. 특별한 날이
니까 데이트하라며 나 원장이 오후에 가비를 일찍 퇴근시켜
줬지만 손님들이 몰리는 금요일 밤이라 훈은 늦게까지 레스토
랑에서 일해야 했다. 맵31에서 근사한 데이트를 꿈꿨던 가비
는 가게 밖에서 훈의 퇴근을 기다리다 섭섭한 문자를 받았다.

— 가비야, 미안한데 집에 먼저 가 있을래?

나 원장이 선물해 준 에스티로더 립스틱 쇼핑백을 달랑달랑 흔들며 가비는 힘없이 청담 거리를 따라 걸었다. 다가올 가을을 맞이하듯 쇼윈도 디스플레이가 차분한 분위기로 바뀌어 있었다. 벌써 계절이 바뀌는구나, 이제 겨우 여름을 따라왔다 싶었는데. 투명한 유리창에 가비의 모습이 반사돼 보였다. 밑단에 금색 라인이 들어간 샤넬st 원피스를 입고, 손목에는 반클리프 팔찌를 차고, 트윌리를 감은 코발트블루 에르메스 버킨 백을 들고 있었다. 텅 빈 눈으로 리본 달린 에스티로더 쇼핑백 사진을 찍었다. #생일 #Gift #생일스타그램 해시태그를 달아 인스타그램에 올리니 팔로워들의 축하가 이어졌다. 가비 언니! 축하해요! 가비 언니 오늘 생일? 에스티로더 신상인가요? 누가 선물해 줬어요? 와! 버킨 백이다!

훈 몰래 숨겨 놨던 가방을 정식으로 꺼내 든 날이었다. 훈이 구박하면 진짜지만 가짜라고 둘러댈 참이었다. 어쩌면 오늘은 생일이니까, 진짜인 거 걸려도 봐줄지도 몰라. 꼭두새벽부터 가비 이마에 가볍게 뽀뽀를 날리며 "오늘 제일 행복한 여자로 만들어 줄게." 하고 출근했으니. 가비는 인스타그램 소통 댓글들을 보며 쓸쓸하게 집으로 걸어갔다. 반짝거리는 외제차들이 청담대로를 빵빵거리며 빠르게 지나갔다.

집에 도착해서 보세 힐을 벗는데 분위기가 이상했다. 불도 안 켰는데 집 안이 왜 이리 밝지? 높은 굽을 신고 다니느라 퉁퉁 부어 버린 맨발로 가비가 벽을 따라 줄지어 놓인 조그마한 촛불들을 따라갔다. 화장실을 지나 방 한가운데 올망졸망 양초로 만든 큰 하트가 있었다. 그 커다란 마음 안에 훈이 가비 나이만큼 불을 붙인 생일 케이크를 들고 서 있었다.

"왜 이렇게 늦었어! 집에 빨리 가 있으라니까."

알고 보니 저녁 타임을 쉬기 위해 일찍 출근했던 거였다. 빈자리 대신 일할 사람도 구해 놓고 주방 선배들에게 양해도 구하고. 홀로 새벽 시장에 나가서 가비가 좋아하는 재료만 골라서 요리도 미리 해 두었다. 가비가 다가가 초를 후 불었다. 그가 품에서 작은 해바라기 한 송이를 내밀었다.

"모란꽃 좋아한다고 해서 봤더니 이게 더 싱싱하더라."

모란꽃은 원래 진주가 좋아하는 꽃이었다. Jin_the_grace 계정에서 보고 가비도 그 꽃을 좋아하게 됐지만. 가비가 말없이 해바라기를 받아 들었다.

낮은 밥상에 테이블 매트를 깔고 소박하게 세팅한 저녁 식사. 훈이 치즈를 넣은 달콤한 양파 수프와 구운 연어를 꺼내 놓았다. 맵31은 아니지만 맵31처럼. 고소한 냄새와 훈기가 돌았다. 하루 종일 밖에 있어서 배가 고파진 가비는 천천히 수프를 한 스푼 떠먹었다. 훈이 한 요리는 언제나 참, 맛이 좋았다.

"왜, 맛이 별로야?"

훈은 조용하기만 한 가비를 불안한 듯 응시했다.

"……아니."

가비가 선물 받은 큰 곰 인형의 발바닥을 여기저기 눌러

보다가 무표정하게 내려놓았다. 푹신한 솜만 가득했다.

"선물이 맘에 안 들어? 이거 봐. 너처럼 눈도 예뻐."

훈이 인형을 끌고 와 장난을 쳤다. 그러다 심상치 않은 분위기를 느끼고는 시무룩해졌다.

"미안. 나 여자를 많이 안 만나 봐서……. 여자들은 이런 거 좋아한다고 해서 준비한 건데."

"오빠."

"응?"

"난 솔직히…… 오늘은 내 생일이니까. 오늘만큼은 맵31 갈 줄 알았어."

"불금이잖아. 손님이 많아. 우리 다음에 돈 많이 벌면, 꼭 가자. 그땐……."

"다음에, 그놈의 다음에! 그렇게 다음, 다음 하는 사람이 처음엔 어떻게 자리를 뺐대!"

"그날은 노쇼가 나서……."

가비가 숟가락을 탁 내려놓았다.

"그럼 소개팅 때 거기서 먹은 거 원래 다른 손님 먹으려던 거였네? 어차피 버릴 거 그때 나한테 버린 거니?"

자격지심이 폭발했다.

"그런 줄도 모르고 난 진짜 좋아했는데……. 먹는 거 보면서 엄청 웃겼겠다?"

"무슨 말을 그렇게 해. 그날 네가 맛있게 먹으니까 나도 덩

108

달아 기분 좋고 그랬지.”

“생일인데 정말 기분 엿 같다.”

가비가 자리에서 벌떡 일어났다. 그 바람에 가득 차린 생일상 다리가 흔들거리다 조각 케이크가 테이블 아래로 푹 떨어졌다. 크림이 그대로 장판 바닥에 뭉개졌다. 자르기 전까지만 해도 ‘Happy birthday, GABI!’라고 훈이 정성스럽게 레터링 장식까지 한 수제 케이크였다.

“너, 저 가방은 뭐야!”

훈이 참다가 결국 소파 위에 둔 에르메스 버킨 백을 가리켰다.

“너 설마…… 전에 살던 집 보증금으로 저거 산 거야?”

“내가 내 돈 주고 사는데 뭔 상관이야!”

“저거 진짜야? 진짜냐고!”

“그래! 진짜다! 왜!”

가비의 짜증에 훈이 확 눈물을 글썽였다. 훈은 목 부분에 누런 때가 낀 셔츠에 가판대에서 파는 저렴한 남색 넥타이를 매고 있었다. 이사 갈 돈 다 모을 때까지 아끼고 또 아끼고 있었다. 그걸 같이 사는 가비가 모를 리 없었다. 훈의 언성도 높아졌다.

“저런 거, 수백만 원 하지 않아? 저 돈이면 우리 여기보다 더 큰 집으로 옮길 수 있어!”

“나도 알아, 안다고! 아악! 제발 그만해! 그래서 사 놓고 한 번을 못 들었어! 오늘 처음으로 꺼낸 거란 말이야!"

가비가 에르메스 백을 홱 낚아채며 자리에서 일어났다. 목소리가 가늘게 떨렸다.

"몇 번만, 몇 번만 들려고 했어⋯⋯. 조심히 들다가 되팔려고 했단 말이야! 어차피 새 거 살 돈은 안 되니까! 중고로라도 산 거라고!"

훈이 부르는 소리가 들렸지만 가비는 가방을 든 채로 그대로 집 밖으로 뛰쳐나가 버렸다.


#


네온사인이 번쩍거리는 강남 거리. 24시간 운영하는 카페엔 금요일 밤을 신나게 불사르려고 삼삼오오 모여 화장을 고치는 여자애들이 많았다. 그 틈바구니에서 아이라인과 마스카라가 번질 대로 번진 가비가 홀로 서럽게 울고 있었다. 훈에게 계속 문자와 전화가 왔으나 답하지 않았다.

막상 밖으로 나왔는데 갈 곳이 없었다. 울면서 배회하다 보니 어느덧 밤 10시가 돼 있었다. 생일이라고 한껏 꾸몄는데 모든 게 망가졌다. 페디 받은 엄지발가락이 높은 굽 보세 샌들 가죽 사이로 삐죽 튀어나와 있었다. 발 전체가 눈물에 젖은 것처럼 퉁퉁 부어 있었다.

최악의 생일이라고 가비는 생각했다. 가비가 에르메스 버킨 백에서 휴대폰을 꺼내 인스타그램을 켜기 전까지.

Jin_the_grace 님이 라이브 방송을 시작했습니다.

천사의 알림이 울렸다. 가비가 눈물을 닦았다. 언니, 진주 언니! gabi_nail_101이 Jin_the_grace의 인스타그램 라이브 방송에 참여했다. 화면 안에서 쿵쾅거리는 클럽 음악이 들려왔다. 금박 은박 헬륨 풍선을 가득 띄운 룸 안에서 여왕처럼 머리에 조그만 왕관을 쓴 진주와 골드로 드레스 코드를 맞춘 여자애들이 신나게 샴페인 잔을 부딪쳤다. 수정이 황금빛 아르망디 병을 들고 콧노래를 흥얼거렸고, 그 옆에 무료하게 앉아 과일 안주를 집는 세린과 카메라를 보며 인사하는 영지가 잠깐씩 화면에 나타났다. 금빛 조명이 뻔쩍뻔쩍했다.

진주 언니! 수정 언니! 언니들! 저도 이 근처예요! 진주 언니도 오늘 생일이에요? 네? 언니! 진주 언닌 제가 안 보이시나요? Jin_the_grace의 라이브 방송에 참여한 팔로워가 너무나도 많아 gabi_nail_101이 아무리 그 속에서 언니를 불러 대도 산사태처럼 밀려드는 팔로워들에게 깔려 버렸다. 벌 떼처럼 달려드는 반응, 우느라 잔뜩 열이 올라 있던 가비의 심장이 다시 쿵쾅대기 시작했다.

#

어느새 가비는 #클럽선샤인게스트 가 되어 계단을 쿵쾅쿵쾅 뛰어 내려가고 있었다. 인스타그램에서 해시태그를 검색해 클럽 MD에게 연락하면 무료로 입장할 수 있다. 그 대신 MD들 손에 질질 끌려다녀야 하지만. 세상에 공짜란 없으니까.

사자 우리 안에 던져진 먹잇감처럼 남자들이 계속 스테이지에 있는 가비에게 들러붙었다. 바짝 붙어 제 몸을 비벼 대거나 목 뒤에 키스라도 할 것처럼 끈적댔다. 징그럽게 달라붙는 남자들을 요리조리 피해 다니다 다시 MD 손에 붙잡혀 테이블로 질질 끌려갔다.

"어? 언니! 수정 언니!"

춤추는 젊은 남녀들 사이로 친숙한 뒷모습들이 화장실로 향하고 있었다.

"아아, 배, 배 아파요. 설사인가 봐."

기지를 발휘해 가비도 MD에게서 벗어나 그녀들이 가는 방향으로 뒤따라갔다.

#

거울 앞에서 수정이 립글로스 끝으로 입술을 톡톡 두드

렸다.

"대단한 생일 파티야. 우리 진주 오늘 완전 여신 아니니? 사람이 빤짝빤짝 빛이 나더라."

"너 그 립 예쁘다? 어디 거야?"

세린이 묻자 수정이 바르던 걸 건넸다.

"이거 이번 RMK 신상."

가비가 세면대 위에 에르메스 백을 탁 소리 나게 내려놓았다. 파우치를 들썩거리며 수정이 말했다.

"이따 한나도 온대."

그 말에 머리가 지끈거린다는 듯 세린이 립을 바르다 이마를 짚었다.

"한나도 와?"

가비도 파우치에서 휴대용 면봉을 꺼내 어두워진 눈 밑을 조심히 닦아 냈다. 웬일로 영지가 조용했다.

"얘들아, 난 이제 진주가 무서워."

짙은 스모키 화장 때문에 몰라봤지만 가까이서 보니 영지는 취해서 눈이 동태처럼 풀려 있었다.

"무슨 소리?"

가비가 옆에서 대꾸해도 눈치채지 못했다. 영지가 입술을 파르르 떨었다.

"너희 그 기사 봤지? 닥터 진 병원 문 닫은 거."

"봤지. 근데?"

세린이 뷰러로 속눈썹을 꼼꼼히 치켜세웠다. 수정은 옆에서 마스카라를 발랐다.

"어차피 그런 놈들 이름 바꿔서 또 개업하잖아. 우리가 걱정할 건 아니지."

가비가 눈두덩이에 컨실러를 찍으며 조용히 고개를 끄덕였다. 세린이 물었다.

"근데 턱뼈 모았다는 거, 그건 진짜래?"

"진짜고, 가짜고, 그게 중요한 게 아니야."

영지의 얼굴이 공포로 하얗게 질려 있었다.

"그 유명한 병원 하나가 통째로 날아갔다는 게 '진짜'지. 기자들한테 입김 살짝 불어서. 유진주 걘 도대체가……."

"넌 진주 생일날까지 진주 욕을 그렇게 하고 싶니?"

수정이 파우치 지퍼를 닫으며 짜증을 냈다. 함께 파우치를 닫으며 세린과 가비가 말없이 고개를 끄덕끄덕했다.

"너흰 걔 진짜 모습을 아직 몰라! 걘, 누가 자길 흠집 낼 거 같으면 조용히 치워 버리는 애라니깐! 닥터 진도 봐. 에쿠스 오니까 바로 치워 버리는 거!"

"언닌 진주 언니가 현준 오빠랑 다시 사귀는 게 배 아픈가 봐요?"

"내가 하고 싶은 말이 바로 그 말……. 어머? 가비 아냐? 오랜만이야! 그동안 어떻게 지냈어!"

수정이 가비 손을 맞잡고 깍깍거렸다. 둘 다 높은 하이힐

위에 두둥실 떠 있었다. 세린은 가비를 전혀 알아보지 못하는
듯했고, 영지는 가비 얼굴과 그녀가 들고 온 에르메스 버킨 백
을 번갈아 쳐다보더니 가비 손목에서 반짝거리는 반클리프를
보며 자기가 아는 이름을 불렀다.

"……가비 네일 일공일?"

가비가 핸드백으로 영지를 툭 밀치곤 수정을 따라갔다.
술 취한 영지가 화장실에서 날카롭게 소리를 질렀다.

"야! 걔 왜 룸으로 데려가! 걔를 왜!"


#


가드가 지키고 선 계단을 올라가 가비는 진주의 생일 파
티가 한창인 대형 룸으로 입성했다. 얼음 가득한 스틸 케이스
안에 돔페리뇽이나 아르망디 같은 고가의 샴페인들이 꽂혀 있
고, 일본 연예인이나 이탈리아계 남자 모델도 합석해 있었다.
테이블 정중앙엔 진주의 생일을 축하하기 위해 초대받은 손님
들이 들고 온 선물들이 산더미처럼 쌓여 있었다. 에르메스, 아
닉구딸 향수, 티파니앤코 액세서리, 샤넬 스카프, 지미추 구두
같은 크고 작은 상자들과 리본 달린 쇼핑백들. 룸 밖 번쩍거리
는 사이키 조명이 직사광선처럼 들어오자 그것들이 마치 골드
바로 쌓아 올린 경건한 탑처럼 보였다.

가비가 진주에게 인사하려던 순간, 디제잉 부스 위에 있는 클럽 전광판이 번개 치듯 번쩍번쩍했다. 'Happy birthday, JINJU −최종혁펨−' 문구가 깜빡였다. 스파클라를 꽂은 아르망디 세트를 든 몸 좋은 남자들이 기합 소리를 내며 스테이지 바깥에서 안으로 걸어 들어왔다. 가비는 눈이 부셔서 눈을 감았다. 전자음악이 귓가를 날카롭게 파고들었다. DJ의 손길이 빨라졌다. 그 행렬에 모두가 열광했다. 전 테이블에 돔페리뇽과 아르망디가 돌았다. 순식간에 수천만 원이 허공에 흩뿌려졌다. 골든 벨! 골든 벨! 골든 벨! 최종혁의 돈지랄에 밖에서 웬 미친 남자도 자극을 받았는지 품에서 5만 원짜리를 꺼내 마구 공중에 뿌려 댔다.

"DJ 맘에 들어? 너 생파 때문에 일본에서 데려왔는데."

종혁은 헤어졌지만 여전히 진주에게 집착하고 있었다. 어떻게든 그녀의 관심을 받으려고 애쓰는 게 티가 났다. 옆에 현재 여자 친구 영지가 있는지 없는지 신경도 쓰지 않았다. 배알 꼴린 영지가 술을 들이켰다.

곧바로 진주 바로 옆에 앉은 현준이 자그마한 박스를 꺼내 보였다. 진주가 조용히 희고 고운 손으로 상자를 열었다. 에메랄드와 다이아몬드가 옐로골드로 세팅된 목걸이였다. 돈 단위는 단박에 천에서 억으로 올라갔다. 유색 보석을 본 여자들이 미쳐 환장을 했다. "꺅!", "맙소사!", "부첼라티라니!"

부첼라티 빈티지를 처음 보는 가비도 그게 엄청나게 비싼 줄은 알았다. 그리고 저 목걸이가 진주에게 굉장히 잘 어울린다는 것도. 진주가 긴 머리카락을 부드럽게 말아 올렸고 현준이 그녀의 가늘고 흰 목에 목걸이를 걸어 주었다. 그 장면은 모두에게 마치 로맨스 영화의 스틸 컷, 잘 찍은 잡지 화보처럼 보였다. 둘은 명실공히 공주와 왕자였다. 종혁이 씩씩대며 술을 벌컥벌컥 들이켰다. 입가에 문 시가에서 검은 연기가 피어올랐다.

진주는 그냥 가만히 앉아 있었다. 그녀를 둘러싼 남자들처럼 자기가 가진 것들을 드러내거나 과시하지도 않았다. 남자들의 환심을 사려고 수정처럼 예쁜 척하지도, 영지처럼 술 먹자고 시끄럽게 나대지도 않았다. 조용하고 겸손하게, 이게 당연하다는 태도로 피라미드의 맨 꼭대기에 앉아 있었다.

그게 가비 눈에 대단해 보였다.

태어나서 한 번도 원하는 걸 못 가져 본 적 없는 남자들이, 나도 저 여자처럼 되고 싶다 질시하는 여자들이, 자기가 가진 걸 최대한 발휘하면서 그 정상을 향해 기어 올라가고 있으니까. 진주에게는 존재만으로도 사람들이 알아서 움직이도록 묘하게 자극하는 데가 있었다. 그녀는 일본어로 한국에 놀러 온 배우와 즐겁게 이야기를 나눴다.

"健二さんはいつまで韓国にいる計画ですか. 健二さんにぜひ会いたい友達がいるんだけど……."

가비는 진주와 가까워지고 싶었지만 그녀가 너무 멀게 느껴졌다. 같은 테이블에 앉아 있는데도 섞일 수 없는 미묘한 위화감마저 들었다. 손목에 찬 반클리프 팔찌를 쓰다듬었다. 저렇게 선물을 많이 받으니 이런 것쯤은 불쌍해서 그냥 준 건가.

"야? 봤지? 여기서 너 챙기는 사람 아무도 없어. 빨리 집에나 가, 꼬마야."

종혁 때문에 심사가 뒤틀린 영지가 취해서 가비에게 시비를 걸었다. 가비가 영지를 노려보자 영지가 더 소리를 질렀다.

"너 정체가 뭐냐? 건물주 딸 아니지? 어? 앙? 나 네 구두 강남역 지하상가에서 본 거 같아. 메이드 인 코리아! 핸드메이드! 2만 원! 깔깔깔!"

그러면서 에르메스 버킨 백을 손가락질했다.

"너 저것도 가짜지? 네가 진짜를 들 리가 없거든! 너! 내 눈은 못 속여? 어? 안 그러냐고! 가! 집에 가라니까?"

음악이 공간을 메우고 있었기에 테이블 구석에서 무슨 대화가 펼쳐지는지 서로 몰랐다. 영지는 진주 앞에선 찍소리도 못 하면서 괜히 만만한 가비를 계속 괴롭혀 댔다. 반대편에서 이탈리아계 남자 모델과 야릇한 시선을 주고받던 수정이 룸 유리 밖을 쳐다봤다. 누군가가 VVIP 가드를 대동하고 이쪽으로 오고 있었다.

"언니들! Surprise!"

이제 막 스무 살이 된 한나가 들어와 두 팔 벌려 세린을, 수정을, 영지를, 그리고 진주까지 차례대로 껴안았다. 으레 하

는 인사인 듯 모두와 볼 키스를 나눴다. 한나는 생일 선물로
사 온 에르메스 쇼핑백들을 여럿 들고 있었다.

"언니들! 저번 바겐 때 못 구한 거 내가 LA에서 전부 다
사 왔어!"

소리치며 에르메스 쇼핑백들을 하나씩 여자애들에게 건
넸다.

"자, 이건 진주 언니 생일 선물! 이건 영지 언니 거, 이건
수정 언니, 요건 세린 언니! 언니! 언니 건 내가 신경 써서 고
른 거 알지? ……어? 이 언닌 누구야? 처음 보는 사람인데?"

한나가 강아지처럼 가비에게 코끝을 갖다 댔다. 한나에 대
한 가비의 첫인상은, 그녀의 인스타그램에서 자주 본 귀여운
비숑프리제 같다는 것이었다. 집 안에서만 자라 세상 물정 모
르는 천진한 동물처럼 한나가 영지를 밀치고 낯선 가비 옆에
앉았다.

"언니, 언닌 이름이 뭐야? Let me know."

"가비, 조가비."

가비가 얼떨결에 자기소개를 했다. 신기한 건 한나가 끼어
드니 영지가 아무 말도 못 했다. 에르메스 쇼핑백을 안아 든
수정과 세린도 일순간 조용해졌다. 한나를 신경 쓰지 않는 건
일본 배우와 대화 중인 진주뿐이었다. 가비는 재빠르게 그 분
위기를 눈치챘다.

"その友達が来ましたね."

아, 새로운 여왕벌이구나.

가비가 본능적으로 빈 샴페인 잔과 티슈 따위를 한나 앞에 챙겨 주었다. 그 작은 배려에 한나의 두 눈에서 하트가 발사됐다.

"언닌 몇 살이야? 뭐 하는 사람?"

한나가 묻자 수정이 다가왔다.

"가비 자기 건물에서 네일 숍 해. 원장이야, 원장."

건물주라 해도 그게 재벌 방계쯤 되는 한나에겐 그다지 멋진 일이 아닐 텐데, 한나는 생난리였다. 네일 숍 하는 사람을 처음 본 것처럼.

"Gorgeous! 나 나중에 이 언니네 shop 놀러 갈래!"

"어, 그래요. 꼭 와요. 우리 숍 오면 서비스 잘해 줄게요."

가비가 멋쩍게 대답했다. 그 말에 한나는 또 "가비 언니! 최고! How friendly she is!" 온몸으로 크고 작은 하트를 뿜어내며 생전 처음 보는 가비에게 파고들었다. 아, 이 아이는 누구도 경계하지 않아도 되는 세상을 살고 있구나. 가비는 바로 깨달았다.

문득 이상한 기분이 들어 가비가 고개를 돌렸다. 방금 진주 언니가 날 비웃은 거 같았는데? 진주는 건너편에서 일본 배우와 대화를 주거니 받거니 하고 있었다. 이따금 현준도 웃음을 터뜨렸다. 가비가 다시 고개를 돌렸다. 아닌가? 그냥 기분 탓인가?

#

　피곤하다며 세린은 택시를 잡아타고 먼저 집으로 들어갔다. 2차 클럽으로 자리를 옮기기 위해 몇몇은 차가 나올 때까지 바깥에 서서 기다렸다. 술에 취할 대로 취한 영지가 한국어를 전혀 못 알아듣는 이탈리아계 모델 남자애를 붙잡고 흔들어 댔다.

　"쟤 왜 껴! 2차는 진짜 친한 애들만 가는 건데!"

　그러다가도 한나가 가비 옆에 오니 다시 아무 말 못 했다. 씩씩거리며 가비의 뒤통수를 노려보는 영지의 시선이 느껴졌다. 아, 무조건 여왕벌들 옆에 있어야겠다. 가비는 생각했다.

　"진주 언니!"

　가비가 룸에서 인사를 제대로 못 해 아쉬웠다며 진주에게 웃으며 다가갔다. 진주는 미동도 하지 않고 천천히 눈동자만으로 가비를 응시했다. 시선이 마주치자 가비가 들떠서 치근덕댔다. 친해지고 싶어요, 언니.

　"진주 언니, 생일 진짜 축하해요! 실은 저도 오늘 생일인데. 우리 생일이 같……."

　진주 앞으로 현준이 모는 노란 페라리가 멈춰 섰다. 진주는 입꼬리만 살짝 올리더니 바로 차에 타고 사라져 버렸다. 공기를 가로지르는 차 뒤꽁무니를 보며 가비는 술이 확 깨는 기분이 들었다. 지금, 나, 무시당한 거 맞지? 조금 전에 일본어로 대화하던 진주가 떠올랐다. 아까도 혹시 날 비웃었던 거야? 내가 네일 숍 원장도, 건물주 딸도 아닌데 그런 척한다고? 거짓말은 어딘가 모르게 티가 나는 법이다. 아무리 감추려 해도 결국은 마음속 어딘가에서 소용돌이친다.

영지가 가비를 치고 종혁이 끌고 나온 포르쉐 911을 탔다. 이어 수정이 모는 BMW 미니 쿠퍼가, 그 차를 정말 미니로 만들어 버리는 롤스로이스 팬텀이 따라 나왔다. 차창을 내리며 한나가 "가비 언니!"를 불렀다. 찰칵! 가비가 자동차 사진을 찍었다. 저기 멀어져 가는 페라리를 뒤쫓아 가려면 지금은 이 차를 타야겠다고 가비는 직감했다.


\#


다 같이 클럽 헬레나에 자리를 잡으면서 가비가 느낀 감정은 더 선명해졌다. 진주 옆에 현준이, 한나와 일본 배우가, 종혁, 영지, 수정, 이탈리아계 모델, 그리고 맨 끝에 가비로 이어지는 테이블 구도에는 보이지 않는 선이 있었다.

저 언니가 왜 푼수데기 같은 한나랑 어울릴까 하고 보면 한나는 재벌 방계에 현준 여동생이고. 다른 사람들은 유명 배우거나 모델처럼 입지가 있는 인물이었다. 아니면 자기를 돋보이게 해 줄 무수리거나. 그 무수리들도 다 일정 수준 이상 되는 사람들이었다. 아빠가 변호사거나 같은 명문대를 나왔다거나.

그렇다면 가비는? 같이 어울리기에 뭔가 아니다 싶은 애일까? 아니면 친해지기엔 곤란한 애? 자신의 완벽한 이미지 관리를 위해서라도 멀리 두어야 할 여잔 아닐까? 가비는 영지가 한 말이 생각났다.

"걘 필요 없으면 치워 버리는 애라니깐!"

가비는 대화 내내 진주가 자신을 적당히 상대해 주지만 일정 거리를 두며 피하는 게 느껴졌다. 한나가 산 루이13세를 마시던 가비의 손이 바르르 떨렸다. 팔목에서 팔찌가 흔들렸다. 아냐, 저 천사 같은 언니가? 그냥 내 자격지심인가? 아니면 열등감? 괜히 예민한 걸지도?

"가비 언니! 언니도 인스타그램 해?"

알게 모르게 사람을 가리는 진주와 달리 한나는 경계가 없었다. 답도 안 했는데 다짜고짜 폰으로 가비의 인스타그램을 찾았다. gabi_nail_101에 올라온 사진들을 자기 앨범처럼 보면서 "예쁘다!", "이건 뭐야?", "여긴 어디야?" 호기심을 비눗방울처럼 퐁퐁 터뜨리더니 갑자기 "꺅!" 소리를 질렀다. 가비의 계정 상단에 #생일 #Gift #생일스타그램 해시태그가 달린 나원장의 선물 사진이 있었다.

"Oh, my gosh. 언니 생일?"

가비가 고개를 끄덕였다.

"여러분! Attention! 오늘 이 언니도 생일이래!"

테이블 사이를 강아지처럼 헤집고 다니던 한나가 샴페인 잔을 높이 들었다. 맞은편에서 진주도 우아하게 잔을 들어 올렸다. 두 여자의 건배 제의에 다들 속속들이 장단을 맞춰 나갔다. 술을 따르고 잔을 채웠다.

"둘 다 생일이니 언니 둘이 같이 한잔해! Happy birthday!"

소파 위를 폴짝거리며 나대는 한나를 진정시키며 가비가 진주를 쳐다봤다. 웃고 있지만 분명 조금 전에 얼굴을 찌푸린 거 같았는데? 찰나의 순간, 가비가 눈을 비볐다. 아냐. 역시, 술에 취해서 잘못 봤나? 가비가 잔을 들고 진주에게 몸을 내밀었다. 한나가 밑에서 박수를 짝짝 치며 좋아했다. 진주가 생긋 웃었다.

손에 쥐지 못하는 걸 잡고 싶어 하는 건 남자든 여자든 비슷할 것이다. 그 대상이 누구나 탐내는 것이라면 더더욱. 가비는 두근거렸다. 찰칵! 샴페인 잔을 든 진주가 고귀한 미소를 지으며 가비의 팔을 휘감았다. 찰칵! 찰칵! 찰칵! 그녀가 선물한 반클리프 팔찌가 빛났다. 찰칵! 찰칵! 찰칵! 찰칵! 찰칵! 찰칵! 그래, 진주 언니는 친절해. 찰칵! 찰칵! 찰칵! 찰칵! 찰칵! 찰칵! 찰칵! 찰칵! 샴페인에 입술을 적셨다. 찰칵! 찰칵! 찰칵! 찰칵! 찰칵! 찰칵! 술이 달콤하다. 찰칵! 찰칵! 찰칵! 찰칵! 찰칵! 찰칵! 찰칵! 찰칵! 찰칵! 찰칵! 언니 방금 웃은 거 맞죠? 찰칵! 찰칵! 저 보고요. 찰칵! 그죠? 찰칵! 찰칵! 찰칵! 찰칵! 찰칵! 찰칵! 찰칵! 진주에게 뿌려지는 로즈골드 같은 착각들. 신기루처럼 드리운 환상. 온도 차가 있는 어둠 속엔, 잘못된 빛이 반사한 오로라가 있는 법이니까.

가비가 사진을 보기도 전에 인스타그램엔 이미 진주와 가비의 생일주 러브 샷이 올라와 있었다. xx_Imhanna_xx, lovely_ssu, h.young.z 외에도 태그로 연결된 오늘 처음 본 남자 연예인과 모델의 계정들에. gabi_nail_101 팔로워가 미친 속도로 늘어났다. 4,001, 6,666, 1.2만. 2.3만…… 급등하는 주식 그래프처럼 위로, 위로, 더 위로! 빠른 비트에 심장이 뛰었다. 해시태그를 다는 손가락이, 반클리프 팔찌가 걸린 팔목이, 온몸이 하늘 위로 붕 떠올랐다. @Jin_the_grace 태그를 보고 들어 온 사람들이 #생일 #Gift #헬레나게스트 #돔페리뇽 #아르망디 #슈퍼카 #Party #Gold #생일스타그램 태그로 이어진 얼굴 모를 이들이 사진을 보고 가비의 생일 파티를 격찬했다. 언니! 축하해요! Happy B-Day! 가비 언니! 가비 언니! 가비 언니! 우리의 멋진 가비 언니!

# 7 #호텔 #호텔수영장 #호텔그램
#PINK #비키니 #비키니그램

#

골이 깨질 것 같은 통증에 가비는 눈을 떴다. 전날 한나가 내민 코코넛 쿠키를 내가 먹었던가? 기억이 잘 나지 않았다. 밤새도록 놀았던 애들이 호텔 앰배서더 룸 여기저기 인형처럼 널브러져 있었다. 난장판이었다. 머리가 다시 지끈거렸다. 관자놀이를 병으로 세게 내려친 기분이었다. 며칠을 마신 거야.

생일 이후로도 파티는 계속됐다. 찰칵! 호텔 룸에서, 찰칵! 찰칵! 클럽에서, 찰칵! 호텔 지하 라운지에서, 찰칵! 찰칵! 찰칵! 놀고 또 노는 날이 계속 이어졌고, 메트로놈 추처럼 정신없이 사진 속 장소들을 왔다 갔다 했다.

"가비 언니! 나 한국에 있는 동안 나랑 놀아!"

진주에게 다가갈 심산으로 한나와 친해져 보려 했던 건데, 반대로 어린 한나가 가비에게 꼭 들러붙었다. 젤리처럼. 가비가 자신의 중고 에르메스 버킨을 샀다는 걸 알게 된 후로 더그랬다.

"언니 우린 인연인가 봐. Be my best friend! Gabi!"

아무런 고민을 하지 않아도 되는 천국에서 가비는 어린한나의 손을 잡고 꽃밭을 뛰어놀았다. 폭신한 시트와 고급스러운 가구로 꾸민, 초콜릿과 수입 과일과 샴페인이 가득한 파라다이스에서. 포근한 침대에 누워 있으니 마치 구름 위에 있는 것만 같았다. 창밖으로 광활한 한강이 흐르는 풍경이 내려다보였다. 출근 시간 분주하게 움직이는 자동차들이 어린 시절 아빠가 문구점에서 팔던 꼬마 블록 같다고, 찰칵! 사진을찍으며 가비는 생각했다.

현준은 집에 꼬박꼬박 들어가는데 한나는 호텔에서 먹고잤다.

"오빠는 가는데 넌 안 가도 돼?"

가비의 물음에 한나가 토하며 침을 질질 흘렸다. 화장실에서 먹은 걸 다 게워 내며 입을 닦았다.

"우리 오빠랑 나랑 안 닮았지?"

몸을 가누지 못할 정도로 비틀대며 헤헤거렸다. 술을 오지게 먹은 한나가 영어를 썼다가 중국어를 썼다가 다시 한국어로 가비에게 아무 말이나 해 댔다.

"왜 그런 줄 알아? 나랑 '그분'이랑 떼 놓으려고. 꼴 보기 싫으니까 해외에서 공부 시키는 Second! 딸! 근데 장현준? My brother? 본처에다 장남! 상속 1순위! 1! First! Number. 1! TOP! 끝내주지? 난 우리 오빠한테 무조건 잘 보여야 돼. 내가 여기서 살아남으려면."

살아남기 위해 생모를 '그분'이라 부르고 이복 오빠에게 가족인 척 붙어야 한다는 건 뭘까. 가족이란 게 그런 건가? 짠하면서도 그게 어떤 감정인지 도무지 이해가 되지 않는 가비는 군내 나는 입안을 닦으러 샤워실로 향했다. 드라이를 마친 진주가 젖은 머리카락을 털며 백조처럼 걸어 나왔다.

똑같이 놀아도 저 언니는 어쩌면 저렇게 완벽하고 한 치흐트러짐이 없을까. 몰튼브라운의 기품 있는 향내가 수증기에 그윽했다.

"가비 씨. 일어났어요?"

언제 들어도 낭랑한 목소리였다.

"네. 진주 언니."

가비가 진주를 따라 눈꺼풀을 깜빡였다. 천천히. 나비처럼. 정말 저 언니가 닥터 진 병원을 날려 버렸을까? 필요 없으면 사람도 치워 버린다고? 잠깐씩 봤던 언니의 싸늘한, 찡그린, 냉정한 얼굴은 잘못 본 건가? 아닌가? 흰 손끝, 하얀 도트 패턴의 진분홍 네일 아트의 점들이 가비의 궁금증처럼 자꾸만 늘어났다. 가비가 눈을 감았다 떴다. 방금 그건 환상? 착각? 아직 술이 덜 깼나 봐. 가비가 머쓱하게 웃었다. 워낙 빈틈없어 보이니까 자꾸 무서운 상상을 하게 되잖아. 가비가 쭈뼛대며 진주 옆으로 지나가다 웃음을 빵 터뜨렸다.

"진주 언니!"

"?"

"언니. 잠깐, 이거요."

가비가 진주의 레이스 달린 핑크 팬티에 낀 실크 슬립 원피스를 빼 주었다. 막 씻고 나온 그녀의 가냘픈 허벅지가 부끄러워 어쩔 줄 몰라 했다.

"내 정신 좀 봐. 그게 거기 껴 있었어요?"

가비가 웃음을 참으며 고개를 끄덕끄덕했다.

"그냥 가면 다들 놀릴 뻔했네. 고마워요, 가비 씨."

진주가 싱그럽게 웃었다. 그 꽃 같은 미소에 가비는 또 입을 헤 벌리곤 샤워실로 들어가 진주가 쓰던 어메니티로 몸 구석구석을 씻었다.


#


꿈에서 보았던 호텔 수영장 안에서 가비도 둥둥 떠다녔다. 핫핑크 플라밍고 튜브를 탄 한나가 물 위에서 "가비 언니!

언니도 타!" 부르며 꺄르르 웃어 댔다. 세린과 영지가 물장구 치고 수정은 캐논 DSLR을 들고 인터넷 쇼핑몰 모델들과 사진을 남기느라 바빴다. 진주는 선베드에 유유히 누워 햇볕을 쬐고 있었다. 하얀 몸이 은으로 빚은 동상처럼 반짝거렸다. 예쁘고 몸매 좋은 여자들이 풀장과 제일 햇볕이 잘 드는 선베드를 독차지해도 아무도 싫은 소리를 하지 않았다. 마치 에덴동산을 뛰노는 뮤즈들처럼 아름다웠기에.

가비는 숨을 참고 물 안으로 얼굴을 박았다. 부그르르 물거품이 올라왔다. 클럽에서 생일 파티를 했던 그날, 훈은 밤새도록 가비를 찾으러 다녔다. 걸려 온 부재중 전화, 남겨진 문자만 봐도 그가 얼마나 헤맸는지 알 수 있었다.

한나의 권유로 호텔에 남기 전에 가비는 짐을 챙기러 몰래 양재동 집에 들렀다. 꺼져 버린 하트 모양 양초들 사이에 훈이 만든 생일 요리가 그대로 남아 있었다. 녹아 버린 케이크에 초파리가 꼬여 윙윙 날아다녔다. 마음이 욱신거렸다. 뜨거운 뭔가가 목구멍까지 울컥댔다. 방구석에 넘어져 있는 커다란 곰인형을 세워 머리통을 한번 쓰다듬고는 캐리어를 끌고 그대로 집을 빠져나왔다.

한껏 숨을 참다가 다시 고개를 쳐들었다. 하늘보다 더 맑은 물빛, 한없이 투명하고 깨끗한 천국. 일단 이런 세계를 경험하고 나니 지난 시간이 시시해 보였다. 몸이 공기처럼 가벼웠다. 이곳에선 무게가 전혀 느껴지지 않았다. 그래, 아무 생각도

하지 말자. 훈만 생각하면 가슴이 무거워 다시 물속으로 가라앉는 기분이니까. 핑크 플라밍고를 타고 와선 한나와 세린이 장난치듯 가비 머리를 다시 물속으로 처박았다.

"가비 언니. 미안. 장난친 건데 놀랐어?"

가비가 캑캑대며 선베드로 기어 올라왔다. 선글라스를 낀 진주가 뽀얀 비치 타월을 건넸다. 소독약 냄새가 나는 큰 수건을 몸에 두르고 코와 귀로 들어간 물을 빼냈다. 귀가 먹먹한데, 조곤조곤 진주의 목소리가 들렸다. 너 나보다 한나랑 더 가깝게 지내고 싶은 거야?

"네?"

가비가 반문했다. 도리어 진주가 물음표 달린 얼굴로 가비를 쳐다봤다.

"?"

수수께끼 같은 말에 가비가 타월 끝으로 귓바퀴를 후볐다. 잘못 들었나?

진주가 바비 인형 같은 손끝으로 물에 젖은 가비의 앞머리를 살짝 들어 올렸다.

"가비 씬 앞머리 올려도 예쁘겠네요."

그러면서 두 줄 지퍼가 달린 루이비통 다미에 파우치에서 실핀을 꺼내 주었다. 볼 터치를 한 것처럼 두 뺨이 발그레해진 가비는 진주가 준 핀을 열심히 입에 물고 조언대로 잔머리를 정리했다. 아, 아까 그건 내 마음의 소리였구나. 네, 언니. 저 언니랑 진짜 친하게 지내고 싶어요. 그럼 저도 언니처럼 잘나가는 것 같은 기분이 들거든요. 그러니 언니…… . 당고 머리를 한 진주처럼 똑같이 머리를 틀어 올렸다.

"언니, 예뻐요?"

지금껏 가리고만 다녔던 납작하고 못생긴 이마가 환하게 드러났다. 세린이 픽 웃었다.

"야, 너 계속 전화 울리는데?"

영지가 진주 옆에 있는 가비에게 와서 시비조로 폰을 내밀었다.

"나 원장이 누구야? 전부터 이 여자한테 전화 오던데?"

가비가 폰을 홱 낚아챘다. 이걸 왜 하필 영지가. 가비의 심장이 콩닥콩닥 뛰었다. 진주는 머리 위에 걸쳐 둔 선글라스를 콧등에 다시 걸치곤 천천히 잡지를 넘겼다. 물장구치며 깔깔거리는 쇼핑몰 모델들의 웃음소리가 메아리처럼 울려 퍼졌다.

잠시 후, 수정이 SSU 쇼핑몰 로고가 적힌 투명 파우치를 양 팔꿈치에 잔뜩 끼고 나타났다. 모델들과 사진 촬영을 얼추 다 마친 모양이었다.

"우리도 찍어야지!"

수정이 들고 온 게 뭔지 궁금한 한나가 제일 먼저 파우치에서 비키니들을 꺼내 헤집어 놓았다. 체크, 펄, 스트라이프, 민무늬까지 패턴도 톤도 다른 수영복들이 수영장 타일 바닥을 뒹굴었다. 한나가 엄지와 검지로 한 뼘만 한 아방가르드 디자인의 프릴 탑을 들어 올렸다.

"Wow, 수정 언니. It's almost MIUMIU!"

"아냐. 자체 디자인이라니깐? 디자인 바이 쑤."

수정의 말에 영지가 낄낄거렸다.

"오수정, 너무 가짜 티 나잖아. 그러지 말고. 쇼핑몰 이름을 바꾸는 건 어때? 쑤우쑤우로."

"다 진짜 카피하는 거지. 이 바닥이 원래 그렇거든?"

수정이 수영복들 가운데 필이 들어간 분홍 튜브톱 수영복을 진주에게 건넸다.

"이거 우리 진주 잘 어울리겠다."

"나 그거 입을래!"

한나가 수영복을 낚아챘다.

가비와 무수리들은 급 싸늘해진 공기를 들이켰다. 한나와 진주 사이에 묘한 기류가 흘렀다. 가비는 이 공기가 낯설지 않았다. 지난 생일 파티 때도, 이어지는 호텔 파티에서도, 한나는 진주에게 관심이 쏠리면 꼭 저런 식으로 끼어들었다. 얼핏 보기엔 둘이 친한 언니 동생 사이처럼 보이지만 가까워질수록 저들은 두 마리의 여왕벌이었다. 진주의 비치백에서 루이비통 파우치가 선베드 아래로 툭 떨어졌다.

다미에 패턴의 체스 판에 인간 말들이 놓였다. 체스 판 양 끝 단에 검고 하얀 두 퀸. 이 판에 들어온 이상 우리는 자기가 어떤 색인지 정해야 한다. 나이트, 룩, 비숍, 폰. 여왕과의 거리에 따라 정해지는 능력치와 색깔. 무수리들이 자기 색깔을 감추고 한나와 진주 사이에서 흔들렸다. 자, 누구 편에 서서, 우리는 어느 방향으로 이동할 것인가.

"그래. 한나한테 잘 어울리겠네."

진주가 시원하게 응했다. 그게 무시인 줄도 모르고 한나는 자기가 이겼다며 눈웃음을 지었다.

"언니, 가자. 나 이거 입는 거 도와줘야지."

한나가 가비를 끌고 탈의실로 갔다. 가비는 이제 블랙 폰이 되었다. 여자들의 시선에 등골이 쭈뼛 섰다. 가비가 티 나지 않게 뒤돌아보았다. 진주 뒤로 새하얀 비숍, 나이트, 룩이 비슷한 비키니를 들고 졸졸 따라갔다.

가을이 오기 전에 비키니 사진을 남겨야 한다며 삼각대에 얹어 둔 수정의 카메라 앞에 여자들이 옹기종기 모여 섰다. 한나가 가비의 팔짱을 꼭 꼈다. 꺼무뎅뎅한 애가 필 들어간 핫핑크 튜브톱을 입고 치렁치렁한 귀걸이까지 하니, 꼭 일본 갸루 같았다. 수정이 하나! 둘! 셋! 을 외치고 뛰어와 진주 옆에 찰싹 달라붙었다. 심플한 디자인의 비키니를 입은 진주는 언젠가 가비가 보았던 미인 대회 기사 속 사진처럼 신비롭고 아름다운 포즈로 서 있었다. 역삼각형으로 웃는 분홍 입술과 동그란 연핑크 볼 터치가 무척이나 사랑스러웠다.

찰칵! 애들아, 다시 한번 찍자! 또 찰칵! 찰칵! 이번엔 연속 샷이야. 다들 준비해! 찰칵! 찰칵! 찰칵! 찰칵! 찰칵! 어때?

찰칵! 사진 쓸 만한 거 건졌어? 한 번만 더 찍자. 그래! 찰칵!
좋아! 찰칵! 찰칵! 찰칵! 영지 너무 몽당연필처럼 나왔는데?
야, 다시 찍어! 찰칵! 찰칵! 꺅! Jump! 찰칵! 찰칵! 찰칵! 찰
칵! 찰칵! 꺅! 꺅! 꺅! 찰칵! 찰칵! 찰칵! 찰칵! 찰칵! 찰칵!

찰칵! 찰칵! 찰칵! 이제 그만! 미묘했던 신경전 따위 훌훌
던져 버리고 #점프샷 을 찍는 순간 우리는 하나였다. 한나가 가
비를 끌어안고 가비는 진주를 쳐다보고 진주 옆에서 수정과
세린이 진주와 비슷한 포즈로 뛰었다. 진주보다 커 보이려고
영지 혼자 제일 높이 뛰었다. 음표가 뛰노는 듯한 발랄한 분위
기에 가비도 긴장을 풀었다. 아까 그건 뭐였지? 그냥 여자애들
의 단순한 기싸움 같은 거였나?

한나가 선베드에 앉아 캐논 DSLR을 넘기며 사진을 검토
했다.

"아, 뭐야. 다 진주 언니만 잘 나왔어!"

"우리 진주가 예쁘……."

수정이 입버릇처럼 말을 내뱉다 딱 멈췄다. 한나가 들고
있던 캐논 DSLR을 그대로 풀장 쪽으로 던져 버렸다. 블랙 퀸
이 화이트 나이트를 훅 치고 지나갔다. 한나가 휙 내동댕이친
카메라를 겨우 받은 수정이 고장 난 데 없나 후후 먼지를 털
었다.

"하긴, 진주 언닌 조각이지."

한나가 술도 안 마셨는데 비아냥댔다.

"언니 엄마가 진짜 조각처럼 키웠잖아."

실실 웃어 댔다. 애가 맨 정신으로 저런 말을 하다니. 가비는 그게 약간 오싹하기까지 했다. 아까 그 말 내 본능이 하는 소리였을지도 몰라. 한나랑 너무 가깝게 지내지 말라고 한 거. 무수리들은 이미 다 알고 진주 언니에게 붙었나? 진주는 언제나 나처럼 말이 없었다.

"언니네 엄마가 갤러리에서 제일 비싸게 팔고 싶은 게 자기 딸 아냐?"

"……."

한나가 뭐라고 하든 무시해 버리던 진주가 눈동자를 번득였다. 그녀의 창백하리만큼 하얀 얼굴이 눈, 코, 입이 없는 사람처럼 서서히 일그러졌다. 가비는 온몸의 털이 곤두서는 느낌이었다. 귓바퀴로 아무 소리도 들리지 않았다. 무수리들은 숨도 쉬지 못했다. 살짝 불쾌감을 표현하는 것만으로도 주위 사람들을 납작하게 짓눌렀다.

그 분위기를 눈치 못 챈 건, 태어나서 한 번도 누군가에게 무시 따위 당해 본 적 없는 한나뿐이었다. 집에서 내놓은 자식이어서, 배다른 여동생의 망나니짓을 다 받아 주는 다정한 오빠를 두었으므로, 멋대로 큰 부잣집 꼬마 아가씨. 살벌한 분위기를 누그러뜨리려고 가비와 무수리들이 정신없이 체스 판 위를 더욱 발랄하게 돌아다녔다.

"수정 언니, 아까 찍은 사진 보내 주세요."

가비가 주고.

"어, 그래. 가비야."

수정이 받았다. 다시 가비가 주고.

"이거 인스타에 올릴게요. 언니 쇼핑몰 태그 걸어서."

수정이 또 받았다.

"응. 고마워……."

짝!

가비가 #호텔수영장 #PINK #비키니 #비키니그램 이라고 인스타그램에 올리자마자, 화이트 비숍이 블랙 폰을 치려고 대각선으로 달려들었다. 영지가 가비의 뺨을 후려갈겼다.

"야! 너 일부러 이 사진 올렸지?"

자기가 제일 뚱뚱하고 못생기게 나왔다고 지랄했다. 졸병 신세 세상 억울한 가비가 얼얼해진 뺨을 감싼 채 어이없어하는데, 영지가 어딘가로 전화를 걸었다.

"저기요, 거기 데이지 네일 숍이죠? 나 원장님 찾는데요."

모두가 듣는 앞에서 나 원장의 푸념 소리가 기계음으로 울려 퍼졌다.

"직원 하나가 며칠째 안 나와서……. 이번 주는 시간대 미리 잡고 오셔야 해요."

전화 건 사람이 영지라는 걸 상상도 못 할 나 원장이 주절주절 떠들어 댔다. 화이트 룩 위에서 세린이 관망하는 가운데 영지가 다짜고짜 가비의 손목을 붙잡았다.

"너, 처음부터 알아봤어. 건물주는 무슨 건물주? 입만 열면 거짓말이지? 어? 야, 이것도 네 거 아니지?"

가비가 진주를 쳐다봤다. 진주는 약간 곤란해하는 표정이었다. 넌 블랙 폰이잖아, 지금. 아, 이거 여왕벌의 공격이구나.

"빼서 보자. 봐! 보자고! 네가 찬 그 다이아 반클리프, 그거 국내에 하나밖에 안 들어온 희귀템이거든? 그걸 네일 숍 직원 따위가 하고 있는 게 이상하잖아? 안 그래, 오수정?"

수정이 난감한 듯 고개를 돌렸다. 영지가 발버둥 치는 가비를 물어뜯다시피 팔찌를 빼냈다. 두 여자의 몸싸움에 이목이 집중됐다. 풀장에 있는 사람들이 소리 없이 가비와 영지가 싸우는 장면을 폰 카메라로 찍어 댔다. 블랙 폰과 화이트 비숍의, 무수리들의 싸움을. 쟤네 인스타그램에서 유명한 애들 아냐? 나 저 사람 팔로우 하는데. 대박. 여자애들이 수군대는 소리도 들려왔다.

영지가 다이아 팔찌 안을 들여다봤다.

"*J.J.* 맞네. 진주 거. 너 이거 훔치기까지 했니? 대단하다, 진짜. 내 건 뭐 안 훔쳤나 몰라?"

화이트 비숍의 말에 수정이 깜짝 놀랐다. 화이트 나이트가 가비 쪽으로 다가왔다.

"그럼 신고해야 하는 거 아냐?"

관망하던 룩이 직선으로 밀려왔다.

"맙소사."

세린은 항상 말이 짧았다.

루이비통 다미에 위에 놓인 블랙 폰은 새하얀 말들에 둘러싸여 파들파들 떨었다. 체스 판 너머로 미동도 하지 않는 하얀 여왕, 유진주가 보였다. 여기서 이거 훔친 거라고 하면 진짜 끝이다. 강남 건물주 딸에서, 네일 숍 원장에서, 여왕벌의 팔찌를 훔친 일개 직원으로 낙하한 가비는 어느 방향으로도 피할 수가 없었다. 닭똥 같은 눈물이 바닥으로 뚝뚝 떨어졌다.

"음……. 아냐, 그건 내가 선물한 거야."

눈의 여왕의 음성에 가비는 고개를 들었다. 진주가 말간 미소를 지었다. 영지가 도리어 당황했다.

"야, 유진주. 저거 네 거라고 네가 말했……."

짝!

블랙 퀸이 가비를 공격하러 온 화이트 비숍을 한달음에 다미에 판에서 아웃 시켰다. 한나가 수영장이 떠나갈 만큼 고래고래 소리를 질렀다.

"이 언니가! 도둑질한 거 아니라잖아! 네가 뭔데! 네까짓 게 감히 내 걸 건드려!"

반대로 한 번 더 영지의 뺨을 후려갈겼다. 찰칵! 사람들이 숨죽인 채 폰으로 한나의 발광을 찍고 있었다. 찰칵! 찰칵! 그러든 말든 신경 쓰지 않고 한나가 가비의 손목을 붙잡고 호텔 방으로 끌고 올라갔다.

"이거 어때?", "이건?", "아니면 이거 가질래?", "가비 언니,

이것도 가져.", "이것도 잘 어울리겠다.", "지금 당장 입어 봐." 분이 안 풀리는지 한나는 백에서, 캐리어에서 물건들을 던져 댔다.

"감히 내 친구를 무시해!"

다행이다, 정말 다행이라고. 발가락부터 차오르는 불안감에 가비는 울음을 끅끅 터트렸다. 그러곤 킥킥 웃음도 터트렸다. 한나가 "가비 언니, 웃는 거야? 우는 거야?" 하며 손으로 가비의 이마를 짚었다. 가비는 재빨리 눈물을 닦고 한나에게 괜찮다고 웃어 보였다. 침대에 팽개쳐진 한나의 명품들을 주섬주섬 챙기면서 말이다.

무수리들의 공격에 뺨 맞고, 한나가 내던지는 명품으로 온몸을 치장하며, 가비는 화장이 번진 얼굴을 고치며 실실 웃었다.

진주 언니가 내 편을 들어 줬어.

몰튼브라운 향내를 맡고 호텔 샤워실로 들어가기 전, 가비가 진주에게 슬그머니 귀띔을 했었다.

"진주 언니, 저 드릴 말씀이 있는데요……."

영지가 네일 숍에서 했던 말들, 클럽에서 했던 말들, 진주 앞에선 친한 척하면서 뒤에서 다른 말을 퍼뜨리고 다닌다는 걸 남몰래 전했다. 여왕벌에 대한 일종의 충성 서약이었다. 다 듣고선 진주는 얼굴을 약간 찡그리더니 고맙다며 가비의 어깨를 두드렸다. 이런 내막도 모르고 진주의 진짜 친구인 척 나섰

다가 최종 게임에서 가비 대신 영지가 날아간 것이다.

침대 맡에 인스타그램에서 본 에르메스 오란 슬리퍼가 나동그라져 있었다. 진주와 한나가 에르메스 바겐세일 때 사서 사이좋게 나눠 신고 다녔던 바로 그 신발이었다. 작아서 맞지도 않는 에르메스 오란 슬리퍼에 가비가 억지로 발을 끼워 넣었다. 찰칵! 찰칵! 찰칵! 발 사진을 찍었다. 여왕벌들의 싸움에서 얻어터진 무수리의 상처를 위로하는 건 여왕벌들이 벗고 간 허물과 그걸 진짜라고 가졌다며 인증하는 사진, 그 화려한 겉모습에 gabi_nail_101을 추앙하는 팔로워들의 무수한 댓글뿐이었다.

# 8  #하늘샷 #개스타그램 #Purple #술
## @폭로계정

#

보라와 하양이 교차된 한나의 에르메스 오란 슬리퍼는 신고 다니는 내내 발이 아팠다. 발바닥에 물집이 잡히고 터지고 나면 굳은살이 됐다. 어느 정도 시간이 지나니 감각이 무뎌졌다. 가죽이 늘어난 건지 발이 맞춰진 건지는 잘 모르겠다. 한나 옆에서 일어난 가비가 유럽풍 화장대 앞에서 삐져나온 앞머리를 실핀으로 넘겨 가며 높게 당고 머리를 해 올렸다.

호텔에서 쫓겨나다시피 한 한나를 따라 가비는 서초동 강아지 이모네로 오게 됐다. 현준네 가족이 키우는 강아지들을 산책시키고 관리하는 사람이 사는 곳이라고 했다. 한나는 이

곳을 세컨드 하우스라고 불렀다. 종종 와서 쉴 수 있는 곳. 털을 곱게 깎은 크고 작은 비숑프리제들이 한나를 보며 왕왕 달려들었다. 이 강아지들만이 삶의 유일한 낙이자 위안이라는 듯 한나가 포옥 껴안았다.

한나의 카드가 끊겨 버렸다. 호텔 수영장에서 뺨 때리고 난리 쳤다는 이야기가 현준 가족에게 들어간 모양이었다.

"Shit! 이게 다 진주 때문이라고!"

한나가 가비 앞에서 길길이 날뛰었다. 한나는 이제 현준이 주고 간 현금에 의존할 수밖에 없었다. 그러니 좀 잠잠해졌다. 오빠에게 잘 보여야만 이곳에서 살 수 있다는 말이 무엇인지 가비는 슬슬 실감이 났다. 저런 게 가족이구나.

카드를 막은 게 진주 언니였을까? 닥터 진 병원을 치운 것도? 필요 없는 것들은 뽑아 버린다고? 가비가 세컨드 하우스 근처 편의점에서 색색깔 크림치즈모찌롤을 비닐봉지에 담으며 진주를 둘러싸고 커져 가는 소문들을 떠올렸다. 한나 대신 인스타그램에서 유행하는 간식을 사러 온 거였다.

찰칵!

가비가 모찌롤 사진을 찍어 인스타그램에 올리자 xx_Imhanna_xx가 제일 먼저 '좋아요'를 눌렀다. '언니 빨리 갖고 와.' 댓글로 채근했다. 팔로워들의 댓글이 줄줄이 달려 나갔다. 저도 먹어 봤어요! 이거 완전 맛있어요! 역시 가비 언니도 이걸 아시는구나!

피드에서 h.young.ji의 사진들이 사라졌다. 영지는 인스타그램에서도, 현실에서도 완전히 아웃 됐다. 오랫동안 함께 놀던 친구가 잠수를 타도, 무슨 일 있었냐는 듯 lovely_ssu에는 그날 찍은 엄선된 비키니 사진들이 올라왔으며 Jin_the_grace에는 현준과 드라이브 가서 찍은 것으로 추정되는 납작하고 새빨간 맥라렌 사진이 올라왔다. 가비가 그 사진을 보며 뒤통수를 긁적였다. 현준 오빠 차, 노란 페라리 아니었나?

사진 속 진주는 언제나처럼 맑고 산뜻하게 미소 짓고 있었다. 현준 오빤 부자니까 저런 슈퍼카가 여러 대 있나 봐. 가비는 단순하게 생각하기로 했다. 진주의 묘약 같은 목소리가 귓가를 맴돌았다. 처음 팔찌를 본 날, 그 목소리. "선물한 거, 잘 어울리네요." 영지가 물어뜯으려던 가비에게 한 말들. "음…….아냐, 그건 내가 선물한 거야." 그리고 충성 서약을 하던 날 가비 어깨에 얹은 감사. "고마워요, 가비 씨."

자기에게 맞지도 않는 오란 슬리퍼를 신고 가비는 깡충깡충 서초동 언덕배기를 올라갔다. 그사이 인스타그램에서 맥라렌 사진이 빠르게 사라지고 그 대신 양평 별장 사진이 올라왔으나, 가비는 전혀 눈치채지 못했다. 찰칵! gabi_nail_101에 따라 올릴 비슷한 사진을 찍느라 바빴기 때문이다.

찰칵! 찰칵!

가비도 사진을 찍어서 서초동 세컨드 하우스 사진을 인스타그램에 올렸다. 호텔 수영장에서 찍은 비키니 사진들을 보고 인터넷 쇼핑몰을 하거나 개인 의류 사업을 하는 계정들의 팔로우가 늘어나 이제 gabi_nail_101 팔로워는 4만에 육박했다. 팔로워들의 부러움과 찬사가 이어졌다. 가비 언니, 세컨드 하우스? 대박! 고급 빌라에 편의점 모찌롤이라니! 간지 보소! 언니, 우리 소통해요!

가비가 진주처럼 말갛게 따라 웃다가 댓글 하나에 눈길이 멈췄다. 언니 뭐 하는 사람이에요? 쇼핑몰 해요? 아니면 모델?

그러게.

이제 난 뭐 하는 사람이지?

하늘이 무척이나 청청했다. 분명 전과 비교가 되지 않을 만큼 화려한 삶을 살고 있잖아. 호텔 회원권 가진 여자애들과 수영하고, 세컨드 하우스에서 강아지들이랑 놀고, 가끔 서민 흉내 낸다고 편의점 간식도 챙겨 먹으면서?

팔로워들의 물음표에 가비는 약간 불안해지기 시작했다. 가비는 네일 숍 원장도 아니고 건물주 딸도 아니다. 아니, 애당초 둘 다 아니었다. 그럼 지금 나는 뭐지? 원래 이게 이렇게 공허한 건가?

"악!"

슬리퍼가 툭, 계단에 걸렸다. 가비는 그대로 네 발로 넘어졌다. 비닐봉지에서 굴러 나온 맥주 캔이 데구루루 굴러떨어졌다. 정강이에 검보라색 피멍이 들었다. 허둥지둥 흩어진 간식들을 주워 담는데 어디선가 나긋나긋한 목소리가 들려왔다.

"아직도 한나랑 있네? 나처럼 되고 싶다면서."

가비가 바닥에 웅크려 자색 모찌롤을 줍다가 위를 올려다 봤다. 진주 언니? 불안과 두려움. 언니가 어떻게 여기 있어요? 우울과 몽상. 방금 인스타그램에 사진 올렸잖아요? 그리고 가비가 만들어 낸 마지막 환상. 맞아요, 언니처럼 되고 싶어요. 가비가 머뭇대는 사이에 진주의 유령은 사라져 버리고 그 자리엔 아무것도 남아 있지 않았다.


#


한나와 옥상 정원에서 포도 안주에 찌그러진 캔 맥주를 나눠 마시며 가비는 손끝을 계속 물어뜯었다. 폰으로 Jin_the_grace에 올라오는 사진들만 들여다봤다.

벨벳 목줄을 맨 비숑프리제들이 왈왈 짖으며 시끄럽게 뛰어다녔다. 그중에서 제일 곰 인형처럼 생긴 한 마리가 와서 피멍이 든 가비의 정강이를 촉촉하게 핥았다. 한나는 그게 웃기다며(가비는 도대체 어디가 웃긴지 모르겠지만) 찰칵! 찰칵! 찰칵! 사진을 찍어 인스타그램에 올렸다.

한동안 한나는 자신의 팔로워들과 댓글로 소통하느라 앞에 가비가 앉아 있는 것도 까먹은 것 같았다. 가비 역시 Jin_the_grace 계정에 '좋아요'를 누르고 사진에만 푹 빠져 있었다.

둘은 한 테이블에 앉아 각자 제 입맛에 맞는 모찌롤을 집어 먹었다. 그러다 #개스타그램 댓글 반응에 신난 한나가 가비의 에르메스 샌들 냄새를 맡는 비숑을 애착 인형처럼 안아 들었다. 품에 안고, 찰칵! 동그란 머리털을 납작하게 누르며 또, 찰칵! 그리고 강아지를 하늘로 던졌다. 찰칵! 다행히 개는 다시 한나의 품으로 떨어졌다.

"언니! 내가 하나, 둘, 셋 하면 던져!"

지금 뭐라고 하는 거지? 내가 취해서 잘못 들었나? 가비는 어안이 벙벙했다. 강아지를 던지라고? 어디로?

한나는 하늘이 참 맑다고 했다.

"이게 한국의 가을 하늘인가 봐."

한나는 술과 낭만에 취해 들떠 있었다.

"파라니까 우리 비숑이들 사진 잘 나오겠지?"

폰 카메라를 들고 사진 각도를 쟀다. 가비가 제일 곰 인형 같은 비숑을 안아 들고 서 있었다. 예쁘게 생긴 게 저주일 수 있구나. 눈에 띄는 게 무서울 수도 있구나. 저 귀여운 강아지를 하늘로 던지라고?

"끝내주는 사진이 나올 거 같아! Hurry up! 하늘이 너무 예뻐!"

무슨 일이 벌어질지 모르는 강아지가 가비를 동글동글한 눈으로 쳐다봤다. 살짝 던지는 건 괜찮겠지? 다시 받을 거잖아? 아빠들이 아기 태어나면 가끔 둥개둥개 하늘로 던지고 하

않아. 내가, 잘 받으면 될 거야.

그렇게 가비는 한나의 맞은편에서 비숑을 하늘 높이 던졌
다. 목화솜처럼 몽실몽실한 강아지 털들이 하늘로 솟구쳤다가
땅으로 떨어졌다. 가비가 강아지를 잘 받아 냈다.

"아, 흔들렸어. 다시!"

한나가 소리쳤다.

다시 강아지를 집어 던지려고 안았을 때, 강아지는 뒷다
리를 파들파들 떨고 있었다. 가비는 뜨거운 손끝으로 그 부들
거림을 느꼈는데도 애써 모르는 척했다. 잘 받아 주면 될 거야.
그러니까 한 번만 더, 진짜 미안해. 강아지야.

하지만 아까보다 더 낮게 던지고야 말았다. 도저히 높이
던질 수가 없었다. 그건 생명에 대한 최소한의 예우였다. 개가
이렇게 떠는데, 어떻게 그래. 처음에는 낑낑거리던 강아지가
이젠 소리조차 내지 못했다. 가비가 개를 꽉 끌어안았다.

한나는 휴대폰으로 찍은 연속 사진들을 확인하더니 가비
에게 폰을 넘기며 말했다.

"안 되겠다. 언니. 이번엔 언니가 찍어 봐."

가비가 뭐라 할 새도 없이 비숑은 한나의 손에 넘어가 있
었다. 한나가 하늘 높이 인형을 던졌다. 아니, 살아 있는 강아
지를 내던졌다. 애니메이션의 한 장면처럼 드높이.

강아지가 그대로 수직 낙하하고 나서야 환상 속 세상에서
현실로 돌아왔다. 한나가 비명을 질렀다. 다친 강아지를 끌어

안고 절룩거리는 다리를 토닥였다.

"우리 쏭, 많이 아팠어? 엄마가 미안해?"

아픈데, 더 아프겠다. 가비는 눈을 질끈 감았다. 여기 더 있다간 어쩌면 나도 저 신세가 될지 몰라. 파도처럼 밀려드는 불안감에 가비는 아까 다친 오른쪽 정강이까지 아려 왔다. 아, 진주 언니. 언니가 몹시 보고 싶어요.


#


다친 개는 관리인이 병원으로 데려갔다. 한나는 고급스러운 소파에서 간식 달라, 놀아 달라 달려드는 다른 비숑프리제들과 노느라 정신이 없었다. 아무 생각도 없어 보였다. 그게 이 아이가 가진 천진함의 원천이었다. 유럽에서 직수입한 빈티지 진공관 스피커에서 비제의 카르멘이 장엄하게 울려 퍼졌다. 악기들의 화음에 가비는 관자놀이가 지끈거렸다.

xx_Imhanna_xx 계정에 올라온 강아지 #하늘샷 #개스타그램 에는 '어머! 강아지가 하늘을 나네.', '완전 인형 같다!', '사진 멋져요!' 같은 댓글들이 달리고 있었다. 심지어 '저도 우리 강아지한테 #하늘샷 남겨 줘야겠어요!' 이런 반응도 있었다. 인스타그램에 강아지를 하늘로 내던지는 사진들이 하나둘 늘어났다.

팔로워들로부터 '좋아요'와 '댓글'을 받고 기분이 좋아졌는지 한나는 곁에 있는 유일한 사람인 가비에게 아양을 떨었다. 어리지만, 너무나도 어린 인간의 천진한 폭력. 가비는 두려워 눈앞에 놓인 와인만 들이켰다. 맥주에, 와인에, 위스키에, 술이 없으면 한순간도 버티기 힘들었다. 이대로, 이렇게, 아무 생각 없이, 살아도 괜찮은가? 정말? 진짜로? 생각하기 시작하면 자꾸 머리가 아팠다.

가비가 와인 잔을 우아하게 집어 들었다. 살짝, 손에 쥔 잔을 흔들었다. 둥그런 표면을 따라 핏빛 와인이 눈물처럼 흘러내렸다. 작은 소용돌이가 휘돌며 올라왔다. 잔을 잡은 모양새가 딱 맵31에서 봤던 진주와 같았다. 그대로, 찰칵!

가비가 와인 사진을 찍어 인스타그램에 올렸다. 서초동 세컨드 하우스에서 찍은 와인 잔 사진은 해시태그만 봐도 누구나 '좋아요'를 누를 만큼 근사한 사진이었다. 국립현대미술관 같은 데서 열리는 난해한 예술전의 필름 사진 같았다. 하늘에 붕 떠 있는 한나의 강아지 사진이 그러했듯. 가비가 술을 쭉 들이켰다. 그래, 이렇게 많은 사람들이 좋다고 하잖아? 그럼 적어도 나쁘게 사는 건 아니지 않을까? 몸이 나른해졌다. 생각을 하지 않으니 괴로움이 덜했다. 오히려 이런 생각이 들었다. 아, 아까 그 강아지를 더 높이 집어 던졌어야 했나?

팔로워들의 찬사와 댓글로 자신의 텅 비어 버린 존재를 인정받으려던 가비는 인스타그램에 들어갔다가 고개를 좌우로 흔들었다. 어지러운 건가? 잘못 본 건가? 아, 머리 아파. 왜? 4만에 달했던 gabi_nail_101의 팔로워가 현저히 줄어들었다. 취해서 잘못 본 거겠지? 눈을 비비고 다시 봐도, 팔로워는 분명 1.4만으로 줄어들어 있었다. 왜 갑자기 줄어든 거야? 두통이 몰려왔다. 손이 자꾸만 떨렸다. 옆에 있던 한나도 눈을 비볐다. 마스카라를 길게 발라 디즈니 모아나 같은 눈꺼풀을 연신 깜빡깜빡했다.

"가비 언니, 나 팔로워 엄청 줄었어. 언니도 그래?"

한참을 인스타그램만 들여다보더니 빨갛다 못해 시퍼레진 눈으로 한나가 가비를 쳐다봤다.

"언니 술집에서 일했었어?"

두 여자의 발밑으로 제비꽃 수가 놓인 프랑스식 테이블보가 흔들렸다.


#


폭로 계정이 나타났다.

프로필 사진도, 신상도, 아무것도 드러나지 않은 익명의 인스타그램 계정에 SNS에서 잘나가는 여자애들 사진이 무작위로 올라왔다. 주 타깃은 xx_Imhanna_xx와 한나의 무수리로 지목된 gabi_nail_101이었다.

사진마다 희한한 해시태그들이 달려 있었다. 반은 진짜, 반은 가짜였다. 그랜드 미다스 서울 호텔 수영장에서 h.young.zi의 빰따귀를 후려갈기는 #호텔수영장 #싸움 #막말 #낄낄 을 단 xx_Imhanna_xx 사진은 진짜, 성인 나이트클럽 룸 소파에서 중년 아저씨 무릎에 앉아 술 따르는 #룸 #아가씨 #서비스만땅 #아저씨선물주세요 gabi_nail_101 사진은 가짜였다. 하나는 진짜, 다른 하나는 가짜인데도 인스타그램에서는 두 사진 모두 진짜처럼 보였다.

가비의 몸이 하늘로 떴다가 아까 그 비숑프리제처럼 땅으로 그대로 곤두박질쳤다. 불안해서 손톱 끝을 잘근잘근 물어뜯었다. 사진은 어둡고 흐릿해 여자 얼굴이 드러나 있지 않았지만 실루엣은 누가 봐도 가비와 엇비슷해 보였다. 폭로 계정 팔로워들은 이 사진 속 여자가 gabi_nail_101이라 믿었다. '저 언니 술집 여자 맞음.', '쟤 뭔데 명품으로 두르고 다니냐고.', '이상하다 싶더니. 역시.'

"이거 대체 어떤 년이 운영하는 거야!"

가비가 바락바락 고함을 질러 댔다. 열불이 치밀었다. 술집 여자? 내가 그런 데서 일하는 애라고? 그런 적 없어! 없다고! 빰 맞아 가면서 성형외과에서 일했고 150만 원 받으면서 네일 아티스트로 생고생했단 말이야!

"가비 언니, 난 언니가 그런 데서 일했어도 괜찮아."

한나가 대강 말했다. 가비는 어이가 없었다.

"지금 저 말을 믿는 거야? 저거 지금 시기하는 거야. 질투라고! 열등감에 쩌는 인간들이 사진 보고 부러우니까 깎아내리려는 거라니까!"

억울함이 목구멍까지 차올랐다. 난, 그런 적 없는데! 정말로, 단 한 번도 그런 곳에서 일한 적 없는데!

폭로 계정은 잔혹하고 아름다운 사진들을 이용해 그들을 본격적으로 물어뜯기 시작했다. 재밌는 냄새를 맡은 계정들이 사진마다 피라냐 떼처럼 달려들었다. 얼굴 한번 본 적 없는, 온기 한번 나눈 적 없는 사람들이 너무나도 쉽게 등을 돌렸다. 클릭 한 번으로 친구가 되었듯, 클릭 한 번으로 적이 되었다. 소통은 악성 루머로 변질됐고 '좋아요'는 진짜 '좋아요'가 아니었다.

가장 몸집이 큰 xx_Imhanna_xx 계정이 첫 번째 먹잇감이 됐다. 수영장에서 영지의 뺨을 때리던 장면이 여러 각도에서 올라왔다. 동영상도 있었다. 폭로 계정에 익명으로 추가 제보가 쏟아지면 그걸 무차별적으로 공개해 버렸다. 한나가 강아지를 하늘로 던진 것도, 그 전에 유명한 남자들을 사귀면서 계속 애인을 갈아 치운 것도, 중학생 때 유부남과 사귀었던 것도, 불법 도박에 빠져 LA 현지 경찰에게 잡혀 갔던 것도, 어떤 이유에선지 모르지만 정신병원에 감금됐던 것까지도. 한나도 모르는 새 누군가에게 찍혀 버린 그녀의 일상들이 폭발하듯 터져 나왔다.

이번엔 가비가 한나를 멍하니 쳐다봤다.

"……이게, 다, 진짜야?"

고강도 스트레스에 한나가 머리카락을 뽑아 댔다. 불안에 떨며 유명하다는 사주쟁이와 타로 마스터를 찾아다녔다. 터무니없는 말을 해도 그걸 그대로 받아들였다. 심적 안정을 위해 라벤더를 짓이겨 사방에 군데군데 뿌려 댔다. 가비는 그 인공적인 허브 향에 속이 울렁거렸다. 토할 것만 같았다. 그렇게 가비를 끌고 두피 마사지와 피부 관리실을 전전하다, 결국, 소통으로 맺은 그녀의 수많은 가상 세계 친구들을 포기하고 인스타그램 계정을 폭파했다.

가비는 모든 게 두려워졌다. 폰만 들여다보던 한나가 자기만 쳐다보게 된 현실도, 저 아이에게 감춰져 있던 끔찍한 과거가 다 진짜라는 사실도. 그리고 다음 타깃이 한나의 최측근인 자신이 될 수도 있다는 예상마저도. 그야말로 생지옥이 따로 없었다. 술에 푹 절은 한나가 씩 웃었다.

"난 언니가 술집에서 일했어도 상관 안 해. 우린 진짜 친구니까."

한나에게 가비는 이미 그런 데서 일한 여자였다. 낙인은 아무런 죄가 없어도 찍힐 수 있다는 걸, 가비는 예전엔 알지 못했다. 인스타그램에서 유명인이 되기 전까지 가비는 한 번도 다수의 시선을 받는 자리에 서 본 적이 없었다. 그래서 이게 그 정도로 크게 날아와 비수처럼 꽂히는 건지 정말 몰랐다.

─ 야, 이 미친년아! 너 도대체 뭐 하고 돌아다니는 거야!

가비도 gabi_nail_101 계정을 닫을까 말까 고민하고 있는데 모르는 번호로 문자가 왔다. 아니, 아는 번호였다. 영지와 싸우고 나서 지워 버린 그 전화번호였다. 거짓말 때문에 감춰 둬야만 했던. 가비가 계단을 뛰어 내려왔다. 세컨드 하우스 고급 빌라 정원에 짙푸른 수국이 만개해 있었다.

"언니…… 미안해요. 정말 미안해요."

수화기 너머에서 각종 쌍욕이 쏟아졌다. 그리 말해도 진짜 그런 뜻이 아니라는 걸 가비는 잘 알았다. 몇 달 동안 혼자 일했는지 나 원장의 목소리가 많이 지쳐 있었다.

"야, 이 미친 가시나야! 죽었는지 살았는지 연락도 안 되고! 어! 내가 얼마나 걱정했는지 아냐! 엉?"

네일 숍을 뛰쳐나간 후에, 죽은 옆집 여자처럼 어디서 잘못된 건 아닌가 걱정했다고. 가비의 목소리를 듣자마자 나 원장의 목소리가 격앙됐다.

"어디서 무슨 짓을 하고 다니길래 가게 오는 여자애들이 네 인스탄가 뭔가 보고 술집 나다닌단 소리를 하는 거냐! 어! 이 미친년아! 정신 나간 년아! 대답해! 너 어디야! 당장 안 돌아와!"

가을비가 가비의 이마 위로 한두 방울 떨어지더니 이내 쏟아져 내렸다. 따뜻했다. 비를 맞고 선 가비에게 한나가 우산을 내밀었다. 호텔 침구에 물건들을 집어 던지던 그때 그 볼멘소리가 들려왔다.

"저 여자 뭔데, 내 친구한테 미친년이라고 해?"

아무리 말려도 소용없었다. 한나는 기사를 부르더니 다짜고짜 강남역 데이지 네일 숍으로 가비를 끌고 갔다. 한나에게 받은 선물들은 그대로 가비의 목줄이 됐다. 엉엉 짖어도 끌려갈 수밖에 없었다. 빗속에 홀로 가게를 지키던 나 원장이 가비를 보자마자 와락 껴안으려 했으나 한나가 그 전에 가게를 싹 엎어 버렸다.

"네가 뭔데, 내 친구한테 미친년이라고 하냐고!"

천진난만한 한나는 자기가 가진 것들을 막무가내로 휘둘렀다. 현준에게 받은 현금 다발을 꺼내며 나 원장을 심하게 을러 댔다.

"저게 여기서 제일 비싸? 퍼플? 회원권? 저거 두 개 할 테니까. 나랑 우리 언니랑 네가 페디 해."

가비는 안절부절못했다. 하늘로 내던져지기 전 강아지처럼. 티는 내지 못하고 속으로만 떨었다. 남의 눈치 따위 보고산 적 없는 어린 한나가 그걸 알 리 만무했다.

"언니, 나 엄마 아빠한테 이렇게 배웠어. 사람은 이렇게 길들이는 거라고. 이보세요. 아주머니. 세상은 나이가 많다고 다대접을 받는 게 아니에요. 네?"

그동안 혼자서 가게를 지켜 오느라 몸도 아프고 정신도

피로한 나 원장이 해탈한 표정으로 의자를 끌어와 페디 소파 밑에 앉았다. 나 원장을 보며 가비는 억장이 무너지는데, 한나는 잘했다고 칭찬해 달라며 강아지처럼 가비를 쳐다봤다. 그 열렬한 시선에 가비가 한나를 쳐다보자, 찰칵!

"아, 사진 찍었는데 올릴 데가 없잖아! 짜증 나!"

한나가 히스테릭하게 가비를 붙잡고 흔들었다. 인스타그램으로 소통하던 수많은 친구들이 사라져 버리고 나니 한나는 가비에게 미친 듯이 집착했다. 얘 어쩌면 이래서 정신병원에 갔는지도 몰라. 폭로 계정에 올라왔던 내용이 떠올랐다. 차곡차곡 쌓인 불안의 무게가 가비를 숨도 못 쉬게 짓눌렀다. 그래, 돈이 더 많은 게 중요한 게 아니야. 아니, 지금은 얘가 돈이 더 많은 것도 아니잖아. 진주의 유령이 속삭였다. "가비야, 어서 나한테 와."

"가비 언니 무슨 생각 해?"

한나가 쳐다봤다. 심통 나게 하면 그 화가 그대로 발밑의 나 원장에게 쏟아질 분위기다.

"어? 아…… 아무것도 아냐. 하, 한나야. 우리 그때 찍은 사진 볼까?"

가비가 나 원장을 도울 수 있는 방법은 한나의 관심을 다른 데로 돌리는 것뿐이었다. 마치 어린아이가 저거 사 달라고 떼를 쓰면 다른 장난감을 흔드는 것처럼, 가비는 네일 숍에 비치된 아이패드를 흔들었다.

수정의 인터넷 쇼핑몰에 올라왔을 비키니 사진들을 보여줄 참이었다. 올리기 전에 보정도 했을 거고, 자기가 예쁘게 나온 사진을 보면 한나도 기분이 좋아질 테니까. 가비가 진주의 사진을 보면 기분이 좋아지는 것처럼, 밝고 화사하고 아름다운 걸!

그렇게 인터넷 쇼핑몰에 올라온 가을 신상 원피스 사진을 넘기며 마지막 세일 상품 코너에서 수영복 사진을 뒤지던 가비는 딱딱하게 굳은 얼굴로 아이패드를 내려놓았다. 왜? 이 여자가 여기 있는 거야?

수정의 쇼핑몰 사진 속에서 짙은 보랏빛 리시언더스 한 다발을 든 여자가 귀를 분홍색으로 염색한 몰티즈를 데리고 해사하게 웃고 있었다.

9 #쇼핑 #쇼핑그램 #샤넬 #불가리
#프라다 #에르메스 #알렉산더맥퀸
#발렌티노 #보테가베네타 #Gray

———————————————————

#

테이블 밑에서 수정은 계속 한 다리를 떨었다. 한나의 무
수리로, 진주의 무수리로, 서로 등을 돌렸던 둘은 한나가 잠
든 사이 몰래 서초동 지하에 있는 스피크이지 바에 숨어 앱솔
루트 보드카를 나눠 마셨다. 옆집 여자가 뛰어내렸던 그날처
럼 바깥에는 안개가 짙었다.

"죽었어? 진짜……?"

gabi_nail_101의 연락을 씹던 lovely_ssu에게 답장이 온
건, 한때 수정의 쇼핑몰 모델이었던 옆집 여자가 죽었다는 소
식을 전하고 나서였다.

수정은 제정신이 아니었다. 침울하고 무기력해 보였다. 들 것에 실려 가던 죽은 여자의 시체처럼 얼굴이 온통 잿빛이었 다. 마시고 취하고 토하고 다시 마시기를 반복하다 공기 빠진 풍선 인형처럼 바 테이블에 쓰러졌다.

"걔 원래 우울증이 되게 심했거든. 같이 일할 때부터……."

잘 다니던 대학을 휴학하고 수정이 술집에 나갔을 적부터 옆집 여자를 알고 지냈다고 했다. 화투 치고 떡볶이 배달시켜 먹고 하다가 수정이 인터넷 쇼핑몰을 열고 나서 쉬는 날 모델 하라고 부른 거였다고. 가비는 수정의 말이 도무지 이해가 되 지 않았다.

"언니 아버지 사업한다고 하셨잖아요? 집도 잘살면서 왜 그런 델 나가요?"

"사업이 잘 풀릴 땐 행복했었지."

어음과 부도를 막지 못해 살던 집까지 담보 잡히고 나서 수정은 집을 뛰쳐나왔다. 수정의 아빠는 이런 때일수록 겉을 화려하게 꾸며야 한다며 누군가에게 돈을 빌려서 차부터 바 꿨다. 등록금은 공중분해 됐고, 살면서 아르바이트 한번 한 적 없던 수정은 가지고 있던 물건들을 팔아 생활비를 마련했다. 자기가 가진 건 하나씩 줄어 가는데, 남들이 가진 건 하나씩 늘어 가면서 수정은 휴학하고 잠수를 탔다. 하지만 처음부터 술집에 나갈 생각은 아니었다.

부잣집 자식 특유의 귀티 나는 분위기와 센스로 백화점

에서 일자리를 얻었다. 치장하는 데 일가견이 있었으니 적절히 권유도 잘하는 편이었다. 눈칫밥 먹으면서 고생은 했지만 생전 처음 돈이란 걸 벌어 보면서 신기했다고.

"가비야, 무리에서 벗어나면 어떤 취급 받는 줄 알아?"

수정은 해외 유명 디자이너 브랜드의 가방을 모아 파는 편집 매장에서 근무했다. 대학 때 같이 놀던 무리가 백화점에 쇼핑을 하러 왔다. 영지와 세린을 보고 수정이 반가워했는데, 똑같은 사람인데도 그들은 뒤로 한 발짝씩 물러났다. 그때 그들이 수정을 보던 그 눈빛과 말투를 평생 잊을 수 없다고 했다.

"오수정…… 너 설마, 여기서 일하는 거야?"

일해서 버는 돈으로는 초라해져 버린 자신을 감출 수 없었던 수정은 논현동 포장마차에서 혼자 술을 마시다가 자신을 꾀는 남자들에게 넘어갔다. 딱 한 달만, 그렇게 새 가방을 사고, 몇 번만 더, 그러면서 이전처럼 새 옷과 구두와 화장품을 샀다. 화려해진 수정은 다시 자연스럽게 그들과 어울릴 수 있었다.

가비는 이들이 말하는 '친구'라는 게, 참 다르다고 느꼈다. 집이 망한 가비가 일을 하는 곳에 나 원장이 찾아왔다면? 아마 전혀 다르게 행동했을 것이다. 오히려 한 발짝 더 다가왔겠지. 어쩌다가 이렇게 됐느냐고. 왜 말 안 했느냐며 안아 줬겠지. 이 미친년, 쌍욕은 해도.

이들은 서로에게 폐 끼치지 않고 서로를 돋보이게 해 줄

수 있는 존재여야만 했다. 아니면 알아서 그 무리에서 사라지든가. 여왕벌들의 싸움 후에 휘발된 영지처럼, 아빠 사업이 망하자 잠수를 탔던 수정처럼.

수정은 술잔을 쥔 손을 파르르 떨며 미친 여자처럼 울다가 갑자기 실실 쪼갰다.

"거기서 날 구해 준 게…… 바로 우리 진주야."


\#


도시의 어둠이 짙어질수록 가비의 손바닥 안에 있는 작은 휴대폰 불빛은 더욱 맹렬해졌다. 액정에서 눈부신 환상이 요술 램프처럼 뿜어 나왔다. 가비는 깨져 버린 시멘트 바닥 위로 달각거리며 슬리퍼를 끌었다.

수정에게 인터넷 쇼핑몰을 권해 그곳에서 끄집어낸 게 진주 언니였구나. 그래서 수정 언니도 내가 네일 숍 직원인 거 뻔히 알면서도 원장인 척 속아 줬구나. 아! 역시! 이래서 다들 진주 언니에게 몰려간 거였어! 너그러운 언니! 착한 언니! 너무나 깊은 어둠을 봐 버리면 새벽녘은 도리어 밝은 편이라는 것을 깨닫는다. 빨리 해가 뜨기만을 기다리며 그 방향으로 무작정 달려 나가게 된다. 가비는 한없이 투명하고 가벼워진 몸으로 강남 바닥을 유령처럼 떠돌다가 서초동으로 돌아왔다.

진주와 함께 천국에 있는 꿈을 꾸고 일어난 가비는 아침부터 가짜 웃음을 지으며 한나를 꿰어 냈다. 어린 한나는 폭력적이었지만 아기 대하듯 잘 어르면 말을 잘 들었다. 함께 지내면서 터득한 방법이었다. 사진 찍어도 올릴 데가 없다고 악악대는 한나에게 스트레스 풀자며 압구정 갤러리아에 데려갔다. 돈이 다 떨어진 한나는 이복 오빠인 현준에게 빌붙었고 그 곁엔 당연히 진주가 있었다. 진주는 페미닌한 드레이프 원피스에 네 손가락에 주얼사첼 백을 끼고 있었다. 알렉산더맥퀸의 해골 문양이 진주의 손가락 사이에서 빛났다.

VVIP들에게만 도착하는 신상 정보를 따라 가비는 한나, 진주와 함께 명품 매장들을 돌아다녔다. 새 물건을 만지고 사면 잠시나마 마음이 편안해졌다. 하지만 그 불안을 완전히 사라지게 하진 못했다. 샤넬, 불가리, 프라다 매장을 돌고 에르메스, 발렌티노, 보테가베네타 매장을 돈 다음에 디올, 발렌시아가, 돌체앤가바나를 지나 알렉산더맥퀸에서 현준이 사 준 해골 무늬 스카프를 하나씩 목에 둘렀다. 찰칵! 진주가 풀 착장한 자기 사진을 찍어 인스타그램에 올렸다. 찰칵! 가비도 거울에 비친 자기 모습을 따라 찍었다. 피드에 거의 동시다발적으로 올라온, 갤러리아에서 찍은 두 여자의 셀프 카메라 사진은 묘하게 서로 닮아 있었다.

마지막으로 두 'F'가 뒤집힌 채 서로 마주 보는 펜디 매장에 다다랐을 즈음, 가비는 진주의 완전한 심복이 되어 있었다.

그녀는 산(정확하게는 현준이 진주에게 선물한) 쇼핑백들을 자진해서 들고 다녔다. 자기 것처럼 찰칵! 찰칵! 찰칵! 찰칵! 크고 작은 쇼핑백들을 어깨에 멘 #쇼핑샷 을 찍어 @Jin_the_grace 태그를 달아 gabi_nail_101 계정에 올렸다. 팔로워들의 반응은 뜨거웠다. 우와! 가비 언니! 지금 진주 언니랑 같이 있어요? 줄어든 팔로워들이 다시 하나둘 늘어났다. 가비 언니 그딴 말 무시해요! 언니가 최고예요! 진주 옆에 붙어서 가비는 아슬아슬하게 기사회생하고 있었다. 찰칵! 찰칵!

여왕벌들의 여왕이 있으니 한나도 이전처럼 나서진 못했다. 만만한 백화점 직원들에게 성질을 부렸다. 소동을 피우면 현준이 말을 꺼내기 전에 진주가 나서서 대신 조용히 사과했다. 상냥하고 친절한 매너에 현준부터 직원들까지 모두 진주에게 홀렸다. 그녀의 원피스 지퍼를 올려 주기 위해 다른 직원들을 제치고 가비가 따라 들어갔다.

"언니 오늘 진짜 최고로 예쁘세요. 이 옷 입으니까 완전 여신……."

가비는 자기가 할 수 있는 최대한의 칭송을 바쳤다.

"……."

진주는 전혀 대꾸하지 않았다.

왜 아무 말도 없지? 숨 참느라 그런가? 아니면 혹시……? 가비 눈에 눈물이 고였다. 폭로 계정에서 나보고 술집 여자라고 한 거, 언니도 봤나?

"언니, 저요. 폭로 계정에서 이상한 여자라고 물어뜯긴 거, 그거 진짜 저 아닌데, 앗!"

좁은 곳에서 몸에 밀착된 원피스를 끙끙대며 당겨 올리다가 가비는 탈의실 구석 선반을 팔꿈치로 툭 치고 말았다. 위에 비치되어 있던 디퓨저와 메이크업 시트 박스가 바닥으로 굴러떨어졌다. 가비가 몸을 웅크린 채 흩어진 디퓨저 스틱들을 가닥가닥 줍는 동안 진주는 그대로 쌩하니 나가 버리고 말았다.

다정하게 자신을 도와줄 거라고 생각했던 진주는 목에 검은 리본이 달린 그레이 톤 원피스를 입고 이탈리아산 도자기 인형처럼 거울 앞에 서 있었다. 사람들이 진주를 빙 둘러싸고 하나같이 진짜 공주 같다며 칭찬하고 있었다. 칭찬과 환호 속에, 탈의실 정리를 다 하고 나온 가비가 뒤늦게 씩씩대며 뛰쳐나왔다. 진주의 침묵이 가비의 속내를 바닥부터 까뒤집어 버렸다.

"언니! 언니도 날 술집 여자라고 생각하는 거야? 그런 주제에 언니랑 같이 있는 것처럼 인스타그램에 올린 거 보고 화난 거야? 그래서 나 무시해? 내가 문제라도 일으킬까 봐? 나도 치워 버리려는 거냐고! 그거 나 아니라고! 진짜 아니라니까!"

가비가 갑작스레 소동을 일으키자 주위가 일순간 조용해졌다. 한 번도 본 적 없었던 가비의 모습에 한나가 이상하게 깔깔거렸다. 가비 언니도 화낼 줄 아네? 화살을 진주에게 바로 돌리는 영민함도 보였다.

"진주 언니, 안에서 둘이 무슨 얘길 하고 왔기에 가비 언니가 저렇게 화난 거야?"

"저런……."

진주가 가비에게 다가왔다. 매장 안 모든 사람이 두 여자를 바라보고 있었다. 진주가 울면서 들썩이는 가비의 어깨를 토닥였다.

"그런 안 좋은 소문이 돌았어요? 가엾어라……. 항상 즐거워 보여서 잘 몰랐지 뭐야."

진주가 핸드백에서 휴지를 꺼내 내밀었다.

"자, 눈물 닦아요. 무슨 일인지 잘 모르지만……."

사람들이 그녀들 등 뒤에서 수군거렸다. 진주가 가비의 손을 잡아 주었다.

"근데 가비 씬 그런 사람 아닌 거 같은데……."

"……언니."

가비는 펑펑 울고 말았다. 가비가 가장 듣고 싶은 말이었다. 그래. 수정 언니 구해 준 게 저 언니랬잖아. 역시, 언니는 진짜 다정하고 좋은 사람이야. 언니! 진주 언니! 미안해요! 내가 괜히 자격지심에, 안 좋은 소문에, 눌러 뒀던 열등감이 폭발했어요! 가비가 바보같이 눈물을 닦았다.

폭로 계정이 등장해 인스타그램에서 유명한 여자들을 하나씩 물어뜯어도, 유일하게 Jin_the_grace만 아무런 흠조차 드러나지 않았다. 오히려 한나에게 실망해 떨어져 나간 팔로워들이 그녀에게 옮겨 가 숫자가 더욱 늘어나고 있었다. 불안할수록 환상은 더욱 커지는 법이니까. 가비가 자기를 향해 손짓하는 진주를 보며 울다 웃었다.

새 원피스를 입은 진주의 허리를 현준이 부드럽게 감싸 안았다. 둘은 다정하고 완벽하게 대리석 바닥 위를 소리 없이 걸어 나갔다. 그 모습이 너무나 그럴듯했다. 가비가 한나를 푹 찔렀다.

"우리도 같이 가서 저녁 사 달라고 하자."

한나가 마리오네트처럼 고개를 까닥거리며 가짜 오빠를 쫓아갔다. 가비도 진주의 우아한 발걸음을 쫓아 우중충한 먹구름을 뚫고 천상까지 따라 올라갔다.

#

한나는 현준이 없으면 안 되고, 현준은 진주가 없으면 안 됐다. 그렇게 가비까지 네 사람은 진주가 좋아하는 프렌치 모던 레스토랑 맵31에 오게 됐다. 한나가 오빠가 사 준 선물들을 테이블에 가득 올려놓고 찰칵! 찰칵! 찰칵! 습관처럼 사진을 찍어 댔다. 하지만 올릴 곳이 없다는 걸 인지하곤 둥지 속 아기 새처럼 시끄럽게 짹짹거렸다. 현준이 주문한 와인을 입에 머금고 나서야 조용해졌다.

"와인을 오크 통에 보관하면 증발을 하죠."

현준이 진주를 쳐다보았다.

"그걸 천사들이 가져갔다고 표현합니다. 다시 말해, 천사와 나눠 마시는 와인이라는 뜻이죠."

현준의 설명을 들으며 진주가 와인 잔을 테이블 위에 놓고 흔들었다. 가비도 눈치껏 같은 방향으로 따라 흔들었다. 그러고 나서 코를 갖다 대고 킁킁 향을 맡았다. 쉬라즈 풍취가 어떠냐는데 왜 아무 냄새도 안 나는지?

"가비 언니, 사진 안 찍어?"

한나가 나이프로 가비의 접시를 두드렸다. 이미 눈앞에 올망졸망한 아뮤즈부쉬가 올라와 있었다. 가비가 눈을 꽉 감았다. 암막 속에서 형형색색 화려한 입자들이 세포처럼 꿈틀거렸다. 다시 눈을 떴다. 왜 음식이 회색으로 보이는 거야? 백화점에서 너무 화려한 색상들을 보고 왔더니 감각이 사라졌나? 눈을 비비고 다시 봐도 온통 색깔이 없었다. 가비가 자극을 되찾기 위해 음식을 입에 넣었다.

"가비 씨, 왜요? 다른 거 시켜 줄까요?"

현준이 메뉴판을 가져다 달라고 했다. 진주도 걱정했다. 이들은 분명 친절한데, 왜?

가비가 진주를 보며 당근 퓌레를 얹은 코틀레트 다뇨(어린 양 갈비에 붙은 고기에 빵가루를 입히고 버터에 바삭하게 지진 다음 오븐에 익혀 완성한 음식)를 주문했다. 가을 신 메뉴였다. 새로운 음식을 보니 아주 잠깐 군침이 돌았으나 이것 또한 아무 맛도 느껴지지 않았다. 데커레이션으로 올라온 단풍잎이 투명했다. 음식이, 테이블이, 레스토랑 안이 온통 다 무채색이었다. 색깔이 보이는 건 오직, 아까부터 주방에서 가비를 바라보고 있던 훈뿐이었다.

화장실 앞 수조에 하얀 폼폰국화들이 떠 있었다. 모노톤 사람들로부터 멀어져 가비는 구석에서 훈과 대화를 나눴다.

"너 맞구나. 많이 변해서 몰라볼 뻔했는데……."

"오빠."

"많이 예뻐졌다."

훈이 한나의 명품으로 진주처럼 휘감은 가비를 보더니 씁쓸하게 웃었다. 가비의 등 뒤로 그녀가 앉았던 자리에 두고 온 에르메스 버킨 백과 쇼핑백들이 보였다.

"원하는 거 다 가져서 행복해?"

"아냐, 오빠, 나……."

여자애들에게 뺨 맞았다고. 한나 때문에 무서웠다고. 뛰어내린 옆집 여자가 알고 보니 자기랑 같이 놀던 수정과 같이 일했던 사람이었다고. 밥 먹는데 아무 맛도 안 난다고. 몹시 예민하고 불안정하다고. 그러니까 지금 나 잠깐만 안아 주면 안 되겠느냐고.

"이제 완전히 다른 사람 같다. 맛있게 먹고 가."

훈이 돌아섰다.

무뎌진 감각 속에 희미하게나마 꽃향기가 났다. 폼폼국화에서 이토록 진한 향이 날 리 없으니 저건 훈에게서 나는 것이리라. 뭔가 중요한 걸 놓치는 기분이었지만 가비는 손목에 찬 반클리프 팔찌를 내려놓을 수 없었다. 이건 진짜니까. 진짜일 것만 같으니까. 아직, 이것만큼은, 가비가 총천연색이라고 믿고 있으니까.

등 뒤에서 낯선 고성이 들려왔다. 곧이어 슬로모션으로 펼쳐지는 장면들. 쥐색 캐시미어 카디건을 걸친 중년 여자가 테이블에 앉은 현준을 일으켜 세우며 진주에게 삿대질을 하고, 진주가 현준을 쳐다보면, 현준이 다시 간절히 캐시미어 카디건을 바라봤다. 나이 든 여인의 목소리가 음소거 된 현장을 날카롭게 찢어발겼다.

"내가 저깟 것과 결혼시키려고 널 그렇게 키운 줄 알아!"

크고 높은 목소리, 언짢음을 넘어 불쾌한 표정을 마주하며 가비는 저 여인이 현준의 엄마라는 걸 알 수 있었다. 언젠가 영지가 네일 숍에서 흉내 냈던 진주의 엄마와 참으로 유사한 모습이었다. 영지 말이 진짜였어? 아냐, 아닐 거야!

"엄마……. 그러지 말고……."

진주의 눈짓에 현준이 두 여자 사이로 끼어들려고 하자 그의 엄마가 아들의 고삐를 그러쥐었다. 다 큰 어른인데도 뭐 하나 자기 뜻대로 살 수 없는 성인.

"미안. 우리 엄마가 너 안 된대."

풀이 죽은 왕자는 백마 탄 왕자에서 그냥 잘 자란 백마가 되어 기 센 왕비에게 질질 끌려갔다. 시집오면 독 사과라도 먹일 것 같은 왕비가 뒤돌아보며 백설 공주에게 말했다.

"애 선보는 거 이제 방해 마라. 넌 똑똑하니까, 내 말, 무슨 말인 줄 알지?"

그렇다면, 훈의 말도? 그럴 리가. 가비는 눈을 감아 버렸다.

# 10 #세이블 #파텍필립 #쇼메
## #결혼식하객패션 #호텔웨딩
## #결혼스타그램 #White

---

#

Jin_the_grace 계정에 결혼을 암시하는 사진들이 계속 올라왔다. 파텍필립 같은 고가의 예물 시계, 세이블 같은 값비싼 모피, 유명 디자이너가 만든 암체어나 실내 조명 같은 것들이었다. 퍼스트 클래스 타고 미국, 이탈리아, 프랑스 등지로 사방팔방 쇼핑하러 다녔다. 그사이 진주의 인스타그램 팔로워는 더욱 늘어나서 강남 어딜 가도 그녀에 대해 쑥덕거리는 이야기를 들을 수 있었다.

"그 말 들었어? 진 더 그레이스가 엊그제 갤러리아에서 하루 만에 40억을 쓰고 갔대."

"뭐? 40억? 뭘 사면 한 번에 그 돈을 다 써? 요새 백화점에서 아파트도 파니?"

여자들이 머리를 맞대며 골똘히 생각했다. 하지만 아무리 생각해도 짐작조차 하지 못했다. 신혼집은 100억대 펜트하우스래. 집에 새하얀 요트가 있다는데? 수다스러운 소문들이 진주를 휘감아 올리는 가운데, 인스타그램에서 가비와 진주는 친한 언니 동생이었으므로 gabi_nail_101 계정에도 팔로워들의 댓글이 바지런히 달렸다. 언니, 진주 언니 진짜 결혼해요? 가비 언니도 그럼 그 결혼식 가요? 부럽다! 저희도 가고 싶어요!

휘황찬란한 명품들의 향연이 펼쳐지는 Jin_the_grace 계정을 보며 가비는 이렇게 생각했다. 그래, 역시 진주 언니는 현준보다 훨씬 멋진 남자 만나 결혼하는 거야! 마마보이 따위 까맣게 지워 버렸겠지? 아무도 진주 언니를 상처 입힐 수 없다는 듯 완벽하고 화려하게!

환상은 여전히 현실보다 강력하다. 카드를 끊긴 채 현준에게 바짝 기생하던 한나가 옆에서 청첩장을 뜯으며 배 아파했다.

"엄청나게 화려한 결혼식이구만? Bitch, 우리 오빠랑 헤어진 지 얼마나 됐다고. 이 남잔 또 누구야?"

#

가비는 배종식과 유진주의 결혼식에 참석했다. 입구에 보
안 요원들이 서 있었고 호텔 직원이 초대된 손님 명단을 일일
이 확인했다. 조가비는 장한나의 이름으로 식장 곳곳을 환영
처럼 떠돌아다녔다. 오늘의 신부를 돋보이게 하려고 장례식
복장을 하고 온 사람들이 정중하게 인사를 나누고 있었다. 곱
게 한복을 차려입은 진주 엄마와 아빠가 하객들을 맞이했다.
텔레비전 뉴스에서 본 정재계 인사들, 간혹 얼굴을 알 법한 유
명 연예인들도 오갔다. 미인 대회 수상자인 유진주의 결혼식
을 알리기 위해 카메라를 든 기자들도 와 있었다.

실시간 검색어에 유진주 이름이 오르고 훈남 IT 사업가
와 결혼한다는 기사들이 줄줄 쏟아졌다. 소식이 퍼지자 Jin_
the_grace 계정에도, gabi_nail_101 계정에도 팔로워들의 반
응이 폭발적으로 터져 나왔다.

찰칵! 가비가 사진을 찍었다. 축의와 화환을 거절한 결혼
식장은 로비에서부터 모란꽃이 가득했다. 찰칵! 찰칵! 찰칵!
사진을 찍으며 몸이 둥둥 뜬 가비가 유럽 궁전의 정원 속으로
걸어 들어갔다. 꽃 장식 사이사이에 놓인 웨딩 스냅이 보였다.
매스컴을 의식했는지 일반인 신랑의 얼굴은 드러나지 않았다.
신부가 신랑을 꽉 껴안은 각도. 마주 보고 섰지만 강렬한 후광
에 근사한 실루엣만 보였다. 단 하나 빛나는 건 진주의 네 번

째 손가락에 끼워진, 족히 몇 캐럿은 되어 보이는 다이아몬드 반지였다.

진주의 사진 앞에서 가비는 자기 사진을 찍었다. 진주 결혼식에 왔다는 걸 팔로워에게 보여 주기 위한 #인증샷. 한나에게 받은 샤넬 블랙 미니 드레스에 반클리프 팔찌는 상당히 세련된 매치였다.

손목에서 악기처럼 짤랑대는 뱅글을 정돈하는데 웬 느끼한 남자가 여자 어깨를 감싸고 걸어가는 길에 반무테안경 너머로 가비의 엉덩이와 가슴을 스윽 훑고 지나갔다. 일부러 몸을 스친 것 같은데 기분 탓인가? 옆에 부인도 있으면서 왜 저래? 남자가 지나가는데 술 냄새가 팍 풍겼다. 고약한 냄새에 손을 휘휘 내저었다. 가비는 꽃길을 따라 식장 안으로 들어갔다.

"어? 여긴 어떻게 왔대?"

세린이 가비를 알아봤다. 그녀는 다른 친구들과 합석해 있었다. 술집 여자라는 과거를 지닌 수정이나 여왕벌들의 여왕에게 찍힌 영지는 초대조차 받지 못했다. 그래도 이 결혼식에 오고 싶어 하는 사람들은 많았다.

가비가 테이블 위에 놓인 장한나의 네임 카드를 치우고 자리에 앉았다. 꽃과 크리스털과 촛대로 장식된 실내를 둘러보았다. 찰칵! 사진을 찍었다. 찰칵! 찰칵! 인스타그램에 올렸다. 폭로 계정 때문에 떨어져 나갔던 반응이 다시 급등했다. 누군가가 댓글을 달았다. '가비 언니, 진주 언니랑은 사진 안 찍었나

봐요?'

"세린 언니, 신부 대기실은 어디예요?"

진짜 진주와의 사진을 남기기 위해 가비는 신부 대기실로 뛰어갔다. 지금껏 가비가 본 것 중 가장 아름답고 화려하게 꾸민 진주가 마지막 손님들과 사진을 찍으며 다정히 눈인사를 주고받고 있었다.

"신부님, 곧 이동하실게요."

매니저의 목소리가 들려왔다. 팔뚝에 끌어 찬 팔찌를 뱅뱅 돌리며 가비는 신부 대기실 문 언저리에서 맴맴 제자리를 돌았다. 진주 언니랑 사진 찍고 싶은데. 들어가야 하나 말아야 하나 망설이던 사이, 대기실 문이 닫혀 버렸다.

진짜 #인증샷 을 남기기 위해 가비가 무거운 문을 다시 열어 볼까 하던 순간, 등 뒤에서 독한 술 냄새가 풍겼다. 아까 그 남자였다. 가비가 놀라 뒤로 몇 발짝 물러나자 남자가 기름지게 웃으며 신부 대기실 문을 열고 들어갔다. 저 남자가 왜 저기로 들어가지? 여기요, 누구 없어요? 이어서 여자 매니저가 놀란 표정으로 문을 밀치며 뛰쳐나왔다. 빠끔히 열린 문틈 사이로, 짝! 살갖을 내리치는 소리가 들려왔다.

"오늘 같은 날 꼭 이래야 돼? 저 여잘 왜 여기까지 데려와!"

신부와 마주 선 실루엣을 보고 가비는 그가 신랑 배종식이라는 걸 알아차렸다. 남자는 술에 취해 있었지만 굉장히 이성적이고 논리적이었다. 반무테안경이 차갑게 빛났다. 진주의 언성이 높아졌다.

"어떻게 그 여자들을 전부 다 내 결혼식에 오라고 할 수가 있냐고!"

진주의 입에서 쏟아져 나온 말들이 다 진짜일까? 저렇게 멋지게 생긴 남자가 자기 회사 인턴과 바람을 피웠다고? 그 인턴과 헤어지고 나선 사내 변호사랑 또 사귀고? 방금까지 어깨동무하고 있던 여자도 같은 회사 직원인데 심지어 전처의 제일 친한 친구라고?

"다 회사 직원들이야. 신경 쓰지 마요. 예쁜 신부."

종식은 IT 사업가답게 360도 캠 카메라를 들고 분개하는 진주 앞에 섰다. 저 사진 속 진주는 어떤 표정일까?


#


진주는 홀로 신부 대기실에 남아 있었다.

보석 달린 아름다운 구두로 바닥을 지그시 눌러 밟으며 화장대 앞에 앉았다. 360도 카메라가 날아와 부딪혀 깨져 버린 거울에 여러 조각의 진주가 보였다. 망가진 머리. 비뚤어진 티아라. 울어서 눈물이 맺힌 눈. 가지런히 자신을 정돈했다. 아무 소리도 내지 않았다. 조용히 입술만 잘근잘근 씹었다. 그 무언의 입술이, 그녀 스스로에게 이렇게 말하는 것만 같았다.

내가 네깟 것과 결혼하려고 여기까지 온 줄 알아!

거울에 비친 진주의 모습에 진주 엄마의 모습이 겹쳤다. 영지 유령이 제 말이 맞지 않느냐며 가비 옆에서 낄낄댔다.

"말했잖아. 처음부터 서로 사랑해서 결혼한 게 아니라니까. 성공하고 싶은 개천 용 판사랑 돈만 많은 졸부의 욕망이 만난 거지. 거기서 태어난 거야, 유진주는"

언제 어디서든 최고의 상품이 되어야 했던 여자는 제 손톱을 물어뜯기 시작했다. 열 손가락 날을 세워 손톱들을 파괴했다. 깨지고, 부러지고, 갈라지고, 찢겨 나가도, 밖으로 소리가 새어 나가지 않게 신음조차 내지 않았다. 처음 가비에게 손톱 손질을 받으러 왔던 그때처럼.

단 몇 분간, 그 숨 막히는 광경 앞에서 가비는 아무 말도 하지 못하고 완전히 얼어붙은 채 서 있었다. 손에 쥐고 있던 휴대폰이 툭 떨어졌다. 액정이 쩍 소리를 내며 갈라졌다.

그 소리에 진주가 뒤돌아 가비를 쳐다봤다.

도무지 속을 알 수 없는 까만 눈동자. 의문스러운 기시감. 그녀를 둘러싼 소문들. 사람들의 기대와 환상. 입에서 입을 타고 전해지는 손에 잡히지 않는 것들이 빚어낸 완벽한 신기루가.

#

버진 로드를 따라가는 사람들의 시선에 가비는 도무지 숨을 쉴 수 없었다. 천국은 원래 평범한 인간은 살 수 없는 곳인가. 오직 유령만이, 아니면 껍데기만이 떠다니는 곳이었던가. 신랑 배종식 군과 신부 유진주 양은 훌륭히 배역을 연기하는 무대 위 배우처럼 꽃과 촛불로 꾸민 길을 걸어 나갔다. 유명 가수가 피아노를 치며 축가를 부르고 식사로 아스파라거스를 얹은 스테이크가 나왔다. 결혼식은 완벽했다. 구름 위에 떠 있으려면 한없이 가벼워질 수밖에 없다는 걸 가비는 몰랐다. 천상을 향하던 가비의 영혼은 진주를 지나, 무수리들을 지나, 죽은 옆집 여자의 몸으로 들어가 땅으로 곤두박질쳤다. 정상에서 진공 상태를 견디며 진주는 사람들을 매혹할 만큼 아름다운 꽃으로 피어나 있었다. 모두가 바라보는 케이스 안에서, 모두가 찍어 대는 사진 속에서, 그녀는 무척 화려했다. 꽃잎들이 식장에 뿌려졌다. 샴페인을 들고 사람들이 가짜로 환호했다. 종식의 여자들이 외쳤다. 죽어! 죽어 버려! 유진주! 헤어져! 당장 헤어지라고! 그림같이 선 신부가 신랑과 뒤돌아 걸어 나오며 한없이 투명해져 갔다. 손끝부터 금이 가 크리스털 조각처럼 부서지더니 온몸이 이내 산산조각 났다. 사람들 눈길에 부딪혀, 조명에 반사되어 유리 신부가 먼지처럼 흩어져 버렸다.

처음부터 거기엔 아무것도 없었던 것처럼.

#instagram #네일 #네일그램

#Red #인친 #맞팔 #소통 #소통해요

#팔로워 #팔로워그램 #팔로잉 #Yellow

#본격뒷담화타임

lovely_ssu + 1 님이 라이브 방송을 시작했습니다.

#핫플 #핫플레이스 #HOT #맛스타그램

#청담동맛집 #맵31 #같은날같은시간같은장소

#Blue #OOTD #일상 #일상그램

#생일 #Gift #헬레나게스트 #돔페리뇽

#아르망디 #슈퍼카 #Party #Gold

#생일스타그램 #호텔 #호텔수영장

#호텔그램 #PINK #비키니

#비키니그램 @폭로계정 #하늘샷

#개스타그램 #Purple #술 #쇼핑

#쇼핑그램 #샤넬

#불가리 #프라다 #에르메스

#알렉산더맥퀸 #발렌티노

#보테가베네타 #Gray #세이블

#파텍필립 #쇼메 #결혼식하객패션

#호텔웨딩 #결혼스타그램 #Whit

그날 진주의 결혼식이 얼마나 화려했던지 몇 년이 지난 지금까지도 강남을 오가는 손님들 사이에서 끊임없이 회자되었다. 한겨울에 구하기도 힘든 모란꽃 수천 송이와 곳곳에서 반짝거리는 크리스털. 다양한 각도로 올라온 셀러브리티들의 인스타그램 사진은 멀리서 지켜보는 사람들에게 얼음 궁전에 봄이 온 듯한 착각을 일으키기 충분했으니까.

한나가 다시 해외로 나가고 가비는 네일 숍으로 돌아왔다. 인스타그램을 끊고 나니 놀랍게도 가비에게 남은 연락처는 나원장뿐이었다. 한나도, 수정도, 세린도, 영지도, 그리고 유진주도 누구 하나 전화번호가 없었다. 아무도 사라진 가비를 찾지 않았다. 미국으로 되돌아간 한나에겐 금방 또 새로운 친구들이 생겼다.

강남을 떠들썩하게 만들었던 폭로 계정의 정체가 너무나도 정상적인 직장 생활을 하고 있던 세린이라는 게 밝혀졌을 때, 가비는 한동안 그 뉴스에서 눈을 뗄 수 없었다. 그 계정을 운영했던 이유는 단지 삶이 너무너무 지루하고 무료해서라고 했다. 피해자들의 상처는 가해자의 소소한 취미였다.

반클리프 팔찌를 결혼식장에 두고 뛰쳐나오기 전, 가비는 신부 대기실에서 진주와 나눈 마지막 대화가 떠올랐다.

두 사람이 처음 만났던 그날 밤에도 현준은 맞선을 보러 갔었다고. 진주 역시 다 알지만 참아야 했고 분에 못 이겨 자기 손톱을 짓이겼다고. 닥터 진과는 대회 인연으로 딱 한 번

식사를 같이 했을 뿐인데 스토커로 변해 버렸고 소문이 끝도 없이 와전됐다고. 더 큰 소문이 퍼지기 전에 정리해야 했다고. 진주는 최고의 상품이 되어 결혼을 해야 했으니까.

그녀가 살던 타워팰리스도 가짜였다. 엄마가 하는 갤러리에 자주 그림을 부탁하던 외국 고객이 맡긴 집이었다. 관리인처럼 얹혀사는 그런 삶에서 벗어나기 위해서라도 진주는 스스로 자신의 상품 가치를 높여야만 했다. D외고에 들어간 것도, Y대에 입학한 것도, 로스쿨에 진학해 변호사를 지망한 것도, 모두 다.

"변호사라는 고된 일을 할 생각 따위 처음부터 없었어요. 다만, 돈 있는 집에서 그런 직업 가진 며느리 선호한다는 말에 구색을 갖추려 했을 뿐이니까요."

피가 나고 깨진 손끝을 웨딩 장갑으로 가리며 진주는 가비에게 마지막 말을 남기고 사라졌다.

"평범한 게 행복까진 아니어도, 적어도 불행할 확률은 더 낮을지도 몰라요."

안전가옥에서 수다를 떨다가 이야기가 시작되었다. 꽤 흥미로운 내용을 들었고, 뉴 미디어 시대에 써 볼 만한 작품이라 판단했다. 허공에 흩어져 버릴 단어들을 모아 종이에 적어 내린 순간부터 아이디어는 기획으로, 나아가 소설로 쓰이게 되었다.

기획 작품인 만큼 수많은 토론을 거치며 이야기 방향이 다양하게 오고갔다. 〈가십걸〉과《위대한 개츠비》, 〈블루 재스민〉과 〈크레이지 리치 아시안〉 등 지향성이 바뀔 때마다 힘들고 지치기도 했지만, 그때마다 버텨 준 건 묵묵히 들어 주고 기꺼이 시간을 내준 사람들이었다. 그래서 안전가옥이 참 고맙다.

처음 생각했던 것과 다르게 쓰기 힘든 부분도 있었고 감정 이입이 안 되는 부분도 많았다. '도대체 왜 저럴까?'에서 시작된 물음이 '그래도 그건 아니지 않나?'로 심화되고, 결국엔 '아, 그래서였군요.' 모든 인물을 하나하나 껴안고 나서야 구멍이 숭숭 뚫린 초고가 '누군가의 이야기'로 완성될 수 있었다.

긴 시간 동안 인스타그램의 수많은 팔로워들을 보면서 떠올린 건 '인간은 타자의 욕망을 욕망한다.'라는 자크 라캉의 말이었다. 욕망은 인간의 본성이자, 주체를 단단하게 하고, 때론 삶의 원동력이 되기도 한다. 하지만 타인의 욕망을 맹목적으로 따라 하는 성향과 그 욕망의 방향성은? 무엇이 내 욕망인지 모른 채 타자의 욕망에 다다른 순간 아무것도 없이 투명해지는 모습을 그려 내고 싶었다.

어릴 적 본, 미국의 동화 작가 트리나 폴러스의 《꽃들에게 희망을》을 기억한다. 동화 속 애벌레들은 무엇이 있는지 모르지만 남들이 다 가는 방향으로 서로를 짓밟으며 올라간다. 그 끝엔 아무것도 없다. 허공을 향해 위로, 더 꼭대기로 올라가는 무리에서 벗어나고 나서야 애벌레는 나비가 된다.

살면서 가비나 훈에게 있는 것 가운데 하나라도 있다면 행복한 게 아닐까. 사랑하는 부모, 힘들 때 품어 주는 연인, 잘못된 길로 가려 하면 소리쳐 주는 친구. 힘든 환경에서도 바르게 크도록 도와주는 신앙인. 앞으로 나아갈 수 있게 만드는 꿈. (이 소설에서 태그(#)로 걸지 않은) 보이지 않는 것들을 가진 이들을 사랑하고 응원한다.

이 소설에는 취재하며 만난 많은 사람들의 이야기가 녹아

들어 있다. 자기 삶의 일부분을 기꺼이 들려준 이들에게 깊은 감사를 표한다.

## 운명 같은 프로젝트

'모든 이야기들의 안식처' 안전가옥은 2017년 8월 성수동에서 시작되었습니다. 오픈을 준비하며 크라우드 펀딩 프로젝트를 진행했고 펀딩 참여자들을 모시고 작은 축하 파티를 했는데, 그때 오신 분 가운데 김민혜 작가님이 계셨습니다. 네, 안전가옥이라고 하는 곳을 처음 찾아 주신 작가님이 바로 김민혜 작가님이었습니다.

그를 계기로 오며 가며 이야기를 나누었습니다. 김민혜 작가님이 소설은 물론 웹소설이나 웹드라마 등 뉴 미디어에서도 폭넓게 활동해 오신 분이라는 것을 알게 되었습니다. 로맨스를 중심으로, 어린 독자층에게 어필할 수 있는 트렌디한 문장을 잘 쓰시고, 흡입력 있게 쭉 뻗어 가는 이야기를 기획해서 만드는 데도 경험과 역량을 모두 갖추고 계신다는 것을 말이죠.

2018년 초반 안전가옥에서는 오리지널 스토리를 창작자들과 함께 개발하고 출판으로 이어 갈 계획을 세우고 있었습니다. 그때 막연히 생각하던 아이템 중 하나가 '인스타그램'이었는데요. 안전가옥에서 만드는 스토리가 동시대를 다루었으면 하고, 지금 이 시대 가장 영향력 있는 미디어라 할 수 있는 인스타그램과 그 사용자들의 이야기를 담아내면 좋겠다, 그래서 그 미디어를 쓰는 사람들의 삶과 욕망을 리얼하게 그려 낼수 있을까 하는 생각에서 나온 아이템이었습니다.

김민혜 작가님과 이 아이템에 대한 이야기를 나누다 작가님이 그 자리에서 이야기를 착착 기획해 내시는 것을 보고 이거다 하는 생각이 들었습니다. 몇 차례 이야기를 더 나누며 아이디어에 빠르게 살을 붙여 가기 시작했죠.

그래서 2018년 안전가옥 오리지널 스토리 《인스타 걸》은 우연이지만 필연적으로 김민혜 작가님과 함께하게 되었습니다.


### 무겁지만 무겁지 않게

《인스타 걸》은 인스타그램에서 '스타'로 군림하는 화려한 이들의 삶과 그 이면에 드리운 욕망을 다룹니다. 엄연히 현실과는 무관한 가상의 배경과 인물이 등장하는 일종의 드라마입니다만, 우리의 현실과 아주 동떨어져 있지 않습니다. 등장인물들은 우리 주변에 있을 법한 인물입니다. 고민하고, 흔들리고, 괴로워합니다.

하지만 작품을 읽는 재미 역시 놓치고 싶지 않았습니다. 그리고 이는 김민혜 작가님의 주특기라는 신뢰가 있었습니다. 이야기를 나누며 제가 판단한 작가님의 큰 강점은 경쾌하고 빠르며 재미있는 문장, 그리고 작중 모든 인물에 대한 신중한 애정이었습니다. 어두운 주제도 무겁지 않게 풀어내고, 통상 악역으로 구분될 수 있는 캐릭터를 다루는 데도 항상 신중하며 애정을 놓지 않습니다. 그러니 제가 프로듀서로서 신경썼던 부분은, 작가님이 더 과감하게 쓰실 수 있도록 슬쩍 밀어 드리는 것뿐이었습니다.

인스타그램 속에서 화려한 삶을 살며 수많은 팔로워들을 거느린 채 마치 '여왕벌'처럼 뭇 '무수리' 위에 군림하는 진주도, 그런 진주를 보며 욕망에 빠져드는 가비도, 그런 가비 옆에서 더 큰 화려함을 보여 주며 욕망을 부추기는 한나도, 작가님의 이야기 속에서 오버하지도 부족하지도 않게 살아 움직입니다. 어디에도 존재하지 않지만 누구에게나 존재하는 욕망도 충실히 대변합니다. 이야기를 따라가다 보면, 작품 속 인물들과 우리 스스로의 욕망에 대해 한 번쯤 다시 생각해 볼 수 있게 되죠.

감사의 말씀

작품을 만드는 과정에서 취재와 자료 조사에 도움을 주신 많은 분들께 감사드립니다. 이 책이 제작될 수 있기까지 도와주신 안전가옥 운영 멤버들, 박연미 디자이너님과 남은경 편집자님께도 감사의 말씀을 드립니다.

그리고 운명처럼 찾아와 안전가옥과 선뜻 함께해 주신 김민혜 작가님. 이 자리를 빌려 깊이 감사드립니다.

안전가옥 대표 겸《인스타 걸》프로듀서
김홍익 드림

# 인스타 걸
## Insta Girl

1판 1쇄 발행  2019년 12월 17일

지은이  김민혜


기획  안전가옥
프로듀서  김신, 박혜신, 윤성훈, 이은진, 정지원
편집  남은경
디자인  박연미
마케팅  최다솜
사업개발  이지훈
경영지원  홍연화




펴낸이  김홍익
펴낸곳  안전가옥
출판등록  제2018-000005호
주소  04787 서울특별시 성동구 연무장길 101-1
대표전화  (02) 461- 0601
전자우편  marketing@safehouse.kr
홈페이지  safehouse.kr

ISBN  979-11-90174-64-0 (03810)
값  15,000원

이 도서의 국립중앙도서관 출판예정도서목록(CIP)은
서지정보유통지원시스템 홈페이지(seoji.nl.go.kr)와
국가자료종합목록 구축시스템(kolis-net.nl.go.kr)에서
이용하실 수 있습니다. (CIP제어번호 : CIP2019049808)